Sina Blackwood

AF188427

Die Sagenerzählerin

& der Bronzeschmied

Bibliografische Informationen der Deutschen Nationalbibliothek:
Die Deutsche Nationalbibliothek verzeichnet diese Publikation in der Deutschen Nationalbibliografie; detaillierte bibliografische Daten sind im Internet über http://dnb.de abrufbar.

Coverbild: Raven at sunset © Dmitriy Sladkov
Adobe Stock 94347353

Umschlaggestaltung: Sina Blackwood
Layout: Sina Blackwood

Herstellung und Verlag:
BoD – Books on Demand, Norderstedt
ISBN: 9783748144366

Was bisher geschah

Als sich Rosalie, die Geschichtenerzählerin aus dem 21. Jahrhundert, und Bernhard, der angesehene Schmied aus der Bronzezeit, zum ersten Mal begegneten, hatte sie ihm in seiner Welt nach dem Angriff eines Wildschweins das Leben gerettet.

Beim zweiten Treffen führte sie das Schicksal im Nerviatal des 13. Jahrhunderts zusammen und erneut half Rosalie Bernhard auf die Beine, der einem Mordanschlag in seiner Zeit nur knapp entkommen war. Jemand hatte versucht, ihm die Gurgel durchzuschneiden, um an sein Hab und Gut zu kommen.

Cavaliere Luciano, ein junger Ritter aus dem Gefolge des Admirals Oberto Doria, auf dessen Grund und Boden Rosalie in der Ruine einer Ölmühle Zuflucht gesucht hatte, und der sie mit allen Mitteln unterstützte, akzeptierte schließlich auch Bernhard. Luciano wusste, dass er selbst an die Traditionen seiner Familie und die politischen Erfordernisse gebunden war, und nie hätte mit Rosalie leben dürfen.

Die Frau aus der Zukunft stürzte ihn in ein Wechselbad der Gefühle. Ein steter Reigen aus Liebe, Eifersucht und Anbetung. Wobei der letzte Punkt so deutlich überwog, dass er alles tat, um ihr das Leben zu erleichtern. Und dazu gehörte auch, dass er sie schließlich, aus reinen Vernunftsgründen, für Bernhard frei gab.

Das hielt ihn aber nicht davon ab, die Mühle weiter auf- und ausbauen zu lassen. Ganz im Gegenteil! Mit einem kräftigen Müller an Rosalies Seite würden auch reichlich Steuern und Abgaben an ihn, den Eigentümer, fließen. Und dann gab es ja auch noch Sepp, den betagten Alpenländer, der den beiden fleißig in der Mühle und beim Übersetzen unter die Arme griff.

Bernhard, froh, überlebt zu haben und bei Rosalie zu sein, trauerte seiner hohen Position als Oberhaupt der Siedlung in seinem alten Leben kein bisschen nach. Hier konnte er Dinge bestaunen, die er nie für möglich gehalten hätte und nur aus Rosalies Berichten kannte. Nach der ersten Führung durch Mühle und Olivenhain versprach er, jede Anweisung seiner geliebten Retterin sofort zu befolgen.

„Du sollst aber nicht handzahm werden", schmunzelte sie.

Bernhard hielt irritiert inne. „Ich will nur sagen, dass ich dich in allem als Lehrerin für mein neues Leben betrachte. Du kennst dich in dieser Zeit wenigstens ein bisschen aus. Und du stehst unter dem Schutz mächtiger Herren. Ohne dich wäre ich ein Nichts in dieser Zeit."

„Geht mir ähnlich", murmelte Sepp. „Rosalie ist so etwas wie meine Familie. Sie hat mir eine wichtige Aufgabe gegeben und mir gezeigt, dass ich etwas wert bin. Es macht Spaß, für sie zu arbeiten. Sie sagt nie böse Worte. Nicht einmal, wenn Paul, der Kolkrabe, Unsinn macht."

Bernhard nickte. „Der Kleine wird mir bestimmt noch gram sein, weil ich ihn damals aus Unwissenheit verletzt habe. Dabei tut es mir aufrichtig leid."

„Schenk ihm ein Bröckchen Käse", schlug Sepp vor. „Damit kannst du dich ganz schnell einschmeicheln, den mag er nämlich sehr."

Rosalie nickte vergnügt. Ihr spukte natürlich gleich wieder im Kopf herum, dass es Käse schon seit der Mittelsteinzeit gegeben hatte, und dieser Bernhard demzufolge bekannt sein musste, selbst wenn er ihn vielleicht anders nannte. So war es Bernhard tatsächlich nach wenigen Worten klar, was Sepp meinte und er beschloss, dem guten Rat zu folgen.

„Die Fledermäuse fressen aber auch hier Käfer und Mücken?", fragte er vorsichtshalber. Schließlich hatte er in der Bronzezeit erlebt, dass Rosalie für Pauline, das Große Mausohr, Krabbeltiere gefangen hatte, als das verletzt war und nicht selber jagen konnte. Pauli, die Mittelmeer Hufeisennase, würde sicher das Gleiche verspeisen, auch wenn sie völlig anders aussah.

„Ja, das ist richtig", bestätigte Rosalie. „Die beiden vertragen sich auch recht gut. Sie fliegen immer gemeinsam auf die Jagd und kehren auch zusammen wieder zurück. Bald werden sie in einem Nebengelass ihre verdiente Winterruhe halten, falls sie es nicht vorziehen, dies auf der Burg der Doria zu tun.

Der Herr der Burg, ammiraglio Oberto Doria, hat es, auf meine und die Bitte von cavaliere Luciano, unter Strafe gestellt, in seinen Mauern die Fledermäuse zu behelligen."

Bernhard schaute sie fragend an, wegen der beiden fremden Begriffe.

Rosalie seufzte. „Das ist die Sprache, die wir beide lernen müssen, wenn wir dazu gehören wollen. Was ein ammiraglio ist, muss ich dir später erklären, es gibt nichts, womit ich es wirklich vergleichen könnte. Da sind Dinge, die du gesehen haben musst, um es zu begreifen. Hab Geduld und Vertrauen."

„Zu wem könnte ich jemals mehr Vertrauen haben, als zu dir?", murmelte Bernhard. „Wenn die Erklärung so schwer ist, dann muss es etwas wahrhaft Großes sein."

Rosalie seufzte noch einmal. „Zumindest den cavaliere kann ich dir erklären. Es ist ein Ritter, ein Mann in Kleidern aus Eisen."

„Ich erinnere mich", erwiderte Bernhard. „Du hast den Halbwüchsigen davon erzählt. Und ich habe gesehen, dass dein Gönner etwas aus Eisen über dem Hemd getragen hat. Cavaliere – Ritter. Ich werde es mir merken. Und wie sagt man bitte und danke?"

Rosalie lacht hellauf. „Du, das sind Begriffe, die vielen Menschen in meiner Zeit völlig verloren gegangen sind!"

Bernhard kratzte sich am Bart. „Verstehe ich nicht."

„Ich auch nicht", grinste Rosalie. „Zumal der Mund nach dem Wort ja auch allein wieder zu geht."

Bernhard schaute Sepp so verzweifelt an, dass der auch noch zu kichern anfing. „Rosalie ist anders, als alle Leute, die ich kenne. Gewöhne dich einfach daran. Man muss nicht alles verstehen, was für sie völlig normal ist. Das ist", er begann an den Fingern abzuzählen, „600, 700, nein sogar 800 Jahre weit weg! Von heute", setzte er noch schnell hinzu, um anzudeuten, dass Bernhard wirklich von übervorgestern war, wie es Rosalie im Scherz ausgedrückt hatte.

„Trotzdem bekommst du jetzt eine ordentliche Antwort auf deine Frage", versprach Rosalie. „Bitte heißt prego und danke gracie."

Bernhard wiederholte ihre Worte fehlerfrei und sie blinzelte ihm zu: „Molto bene! Also sehr gut. Ich beherrsche aber weder die Grammatik noch wirklich die Gesprächsführung", erklärte Rosalie mit einem Blinzeln.

„Die was???" Bernhard und Sepp rissen gleichzeitig die Augen auf.

Rosalie winkte lachend ab. „Vergesst einfach, was ich gesagt habe. Ich bräuchte Stunden, um es euch auch nur annähern zu erklären."

„Schon geschehen", grinste Sepp, während Bernhard stumm den Kopf schüttelte.

„Solange Sepp ganz brav übersetzt, ist alles gut", fügte sie mit einem schelmischen Blinzeln hinzu.

Sepp warf einen Blick auf Paul, der unruhig von einem Bein auf das andere trat. Rosalie entging das nicht.

„Ja, ich kümmere mich sofort darum, dass etwas auf den Tisch kommt. Ich hätte Maroni anzubieten. Ich brauche dringend ein warmes Essen."

„Sie werden nicht reichen", warf Sepp ein.

„Dann gibt es eben Maroni und einen Kanten trockenes Brot mit zwei Scheiben Speck", legte Rosalie fest. „Mehr haben wir nicht. Zum Backen ist es zu spät."

„Das ist meine Schuld", flüsterte Bernhard. „Ihr müsst mir nichts abgeben."

„Noch so ein Spruch und ich werde böse", rief Rosalie, den Kopf einziehend, weil die Fledermäuse von der abendlichen Jagd kamen, geradenwegs auf ihren Ruheplatz zuflogen und ihr fast noch die Flügel um die Ohren schlugen. „Da draußen ist ein Fluss. Da gibt es Forellen."

Ehe sie noch etwas hinzufügen konnte, war Bernhard aufgesprungen, hatte sich ihren Fischspeer geschnappt und war ans Ufer geeilt. Noch bevor die Maroni gar waren, kam er vor Freude strahlend mit einer großen Forelle zurück. „Prego!"

„Gracie!", schmunzelte Rosalie. „Alles perfekt." Sie steckte den Fisch am Spieß über die Glut der Kochstelle.

Sepp schüttelte lachend den Kopf. „Das nenne ich schnelle Entscheidung und schnelles Lernen."

Sogar Paul schien seinen Groll zu vergessen. Der schritt auf dem Tisch zu Bernhard und beäugte ihn eindeutig wohlwollend. Wer Essen herantrug, war immer willkommen. Er duldete es sogar, dass ihn der Schmied am Schnabel berührte.

Jeder bekam den gleichen Anteil von allen Speisen und selbst Paul ging nicht leer aus. Er erhielt den Kopf des Fisches und einige Bröckchen, welche die anderen entbehren konnten. Als Rosalie genug von seiner Bettelei hatte, klopfte sie drei Mal mit dem Fingerknöchel auf den Tisch. Paul suchte schleunigst das Weite. Bernhard staunte.

„Das ist wie mit Hunden", erklärte Rosalie. „Erzieht man sie nicht sofort, dann tanzen sie einem auf der Nase herum. Und bei einem Kerl mit so einem Schnabel sollte man genau wissen, was man ihm erlaubt und was nicht."

Paul ritt natürlich der Teufel. Er versuchte, seinen Unmut an den Fledermäusen auszulassen. Und das ging gründlich schief, denn Pauline zwickte ihn mit ihren nadelspitzen Zähnen ins Bein, als er Pauli mit dem Schnabel an der Flughaut zupfte. Mit einem erschrockenen „krahhh, krahhh", verzog sich Paul auf eine Truhe, um von Weitem zu beobachten, ob nicht vielleicht doch ein Krümelchen unbemerkt zu Boden fiel.

Rosalie kümmerte sich, statt um den Abwasch, lieber um Bernhards Pelzumhang, der noch immer vor der Kochstelle hing. „Er ist trocken", ließ sie verlauten.

„Dann steht einer Nachtruhe ja nichts mehr im Wege", gähnte Sepp.

„Doch. Die Kontrolle des Verbandes", erwiderte Rosalie.

Sie winkte Bernhard heran, um nachzuschauen, ob die Blutungen seiner Halswunde wirklich aufgehört hatten. „Schmerzt es sehr?", fragte sie teilnahmsvoll.

„Würde ich das zugeben?", antwortete er mit einer Gegenfrage.

„Wenn ich dich um eine ehrliche Auskunft bitte?"

„Dann es hält sich in vertretbaren Grenzen. Es ist lachhaft zu dem, was der Keiler angerichtet hatte." Bernhard folgte Sepp in den Nebenraum, der durch das Herdfeuer mit erwärmt wurde und wo sich beide auf einem Heulager zur Nachtruhe niederließen.

Rosalie lag noch lange wach. Immer wieder dachte sie an die beiden vergangen Tage. Zuerst war ihr Bernhard in Haus gestolpert und dann hatte ihn ihr Luciano unterschwellig als Partner, für Mühle und Leben, empfohlen.

Vielleicht sollte sie ja seinem gut gemeinten Rat folgen, und Bernhard, den sie wirklich mochte, wenigstens signalisieren, dass auch sie nicht ganz uninteressiert war.

Bevor sie weitergrübeln konnte, schlief sie ganz fest ein.

Große Pläne

Sie wurde wach, als sich Paul lautstark beschwerte, wegen des geschlossenen Fensterverschlages nicht hinaus zu können. Sie sprang von ihrem Lager und hörte, wie Sepp nebenan sagte: „Diesen Weckruf kann man nicht überhören."

Bernhard wunderte sich nicht, als es kurz darauf ein kleines Frühstück gab. Rosalie hatte schon immer auf drei Mahlzeiten bestanden, selbst wenn es nur wenige Happen waren. Auf ihren geliebten heißen Kräutertrank hätte sie schon gar nicht verzichtet. Den hatten beide Männer schätzen gelernt. Der eine in den wenigen Wochen in der Bronzezeit, der andere als Helfer in der Mühle.

„Ich möchte im nächsten Jahr Hühner haben", sagte Rosalie unvermittelt.

„Die könnten am Ufer genug Futter finden", sinnierte Sepp, während Bernhard die Augenbrauen zusammenzog. „Was sind Hühner?"

Diesmal schaute Sepp verwundert.

„Die muss er nicht kennen", erklärte Rosalie sofort. „Hühner gab es in seiner Zeit nicht überall." Dann begann sie für Bernhard die begehrten Vögel zu beschreiben. Als sie die roten fleischigen Kämme erwähnte, schüttelte Bernhard den Kopf.

„Solche Vögel hab ich wirklich noch nicht gesehen."

„Na ja, erst einmal müssen wir Geld verdienen, um leben zu können", schränkte Rosalie sofort ein. „Solange wir nicht immer genug zu essen auf dem Tisch haben, können wir es uns nicht leisten, Hühner zu kaufen. Auch müssten die im Winter geschlachtet werden, weil sie Körnerfutter zum Überleben brauchen, was wiederum Geld kostet."

„Was ist Geld?", fragte Bernhard sofort.

Worauf Rosalie sehr ausführlich das Tauschsystem gegen Münzen erklärte.

Bernhard schlug sich an die Stirn. „Jetzt habe ich endlich begriffen, was du mir erzählt hast. Was es für den Mann bedeutet hat, dessen Münzenbeutel du gefunden hattest. Wenn er dir dafür eine Brücke und einen Teil dieses Hauses mit gebaut hat, dann muss es ein ungeheurer Schatz gewesen sein. Ich hatte es ja nicht einmal verstanden, was Münzen wirklich sind. Nur dass sie jemand sehr vermisst haben musste."

Der Hufschlag eines Pferdes ließ alle drei die Köpfe heben. Schritte auf der Brücke trieben Rosalie schließlich ans Fenster.

„Es ist cavaliere Luciano", gab sie in einer Mischung aus Erstaunen und Sorge bekannt.

Da trat er auch schon ins Zimmer und nickte grüßend in die Runde. „Ich wollte mich, ehe ich nach Genua muss, noch einmal vergewissern, dass es dir gut geht."

„Per favore, siediti." (Bitte, setz dich.) Rosalie zeigte auf ihren Platz und beeilte sich, ihm einen Becher Tee zu bringen. „Wir haben gerade über Hühner gesprochen, die ich eines Tages haben möchte."

„Eine gute Idee! Dann habt ihr Eier und Fleisch", gab Luciano zu. „Ein oder zwei Ziegen wären natürlich auch nicht übel. Die sind genügsam. Den alten Stall können die Männer sicher allein reparieren. Nur, womit willst du die Tiere bezahlen? Es dauert noch ein paar Wochen, bis ihr die Oliven erntet und verarbeiten könnt."

„Ich habe etwas, dessen Wert ich nicht kenne", erwiderte Rosalie nach kurzem Nachdenken. Sie kramte ein Lederbeutelchen aus ihrer Truhe und ließ den Inhalt in ihre Handfläche gleiten.

„Der Bergkristall und das Gold!", rief Bernhard sowohl überrascht als auch erfreut.

Luciano griff nach dem großen klaren Stein, hielt ihn gegen das Licht, drehte ihn ein paar Mal zwischen den Fingern, um dann sofort seinen Geldbeutel zu ziehen. Er legte einen Betrag auf den

Tisch, der Sepp den Schweiß auf die Stirn trieb und Rosalies Augen tellergroß werden ließ. „Ich muss ihn haben, den Stein, den ich Rosalie nennen werde! Verwahre das Gold für schlechte Zeiten." Er schob das Nugget zurück in den Beutel, band ihn zu und drückte ihn Rosalie in die Hand. „Ich werde den Stein fassen lassen und als Glücksbringer immer bei mir tragen", verriet er mit zufriedener Stimme.

Rosalie bedankte sich hoch erfreut für das unglaubliche Geschäft.

„Ihr beide passt gut auf Rosalie auf, wenn ich im Krieg bin", befahl Luciano, als er sich endgültig verabschiedete, um unter dem Befehl des ammiraglio Oberto Doria in die Seeschlacht von Meloria zu ziehen.

„An die Arbeit!", forderte Rosalie, als er gegangen war, worauf die Männer aufsprangen, als wäre die Peitsche eines Aufsehers hinter ihnen her. Alle drei mussten lachen und machten sich gut gelaunt ans Tagewerk.

Rosalie verwahrte das Geld in der Truhe, kümmerte sich um den Haushalt, während die Männer Gras mähten.

„Wir werden gutes Heu brauchen, wenn Rosalie wirklich Ziegen kaufen will", verriet Sepp. „Wir sollten uns dann auch gleich anschauen, was im Stall gemacht werden muss."

Rosalie suchte inzwischen die Berghänge nach Kräutern ab, wohin Paul sie begleitete. Der war fast so treu wie ein Wachhund und meldete die kleinsten Ungewöhnlichkeiten, indem er lauthals sein „krahhh, krahhh, krahhh" erschallen ließ.

Trotzdem warf Bernhard immer wieder ein Auge hinüber, um sich selbst überzeugen zu können, dass alles in Ordnung war.

„Sie hat Monate hier völlig allein gelebt", schmunzelte Sepp.

„Ja ich weiß, dass sie das hervorragend kann", seufzte der Schmied. *Statt ich sie, hat sie mich beschützt*, fügte er in Gedanken hinzu.

Wenig später kam Rosalie in den Geräteschuppen, um eine Schaufel zu holen. „Ich habe mehrere kleine Beerensträucher entdeckt, die außerhalb des Mühlenareals stehen. Die hole ich mir jetzt, weil die garantiert keiner vermisst." Sie eilte davon, um ihren Plan in die Tat umzusetzen.

Bernhard grub einen Fleck Erde gleich hinterm Haus um, den Sepp als ideal bezeichnet hatte. Einige Minuten später standen fünf Sträucher in Reihe und Glied im Windschatten der Mauer, welche die Sonne schon am Morgen angenehm erwärmte. Rosalie goss sie ordentlich an, um ihnen den bestmöglichen Start zum Wachsen zu geben.

„Ach, wenn ich doch nur Zucker hätte! Dann könnte ich im nächsten Jahr Marmelade und Gelee kochen!" Rosalie streichelte vorsichtig die Blätter eines Strauches.

„Zucker?", staunten die Männer. „Was ist das?"

„Süß wie Honig. Winzige Kristalle, weiß wie Schnee, aus verschiedenen Pflanzen herstellbar." Ihr Blick ging in weite Ferne.

„Du vermisst dein altes Leben sehr", stellte Bernhard in den Raum.

„Nicht mein altes Leben", tröstete ihn Rosalie. „Nur einige Dinge, die es da gab."

Sepp dachte praktisch: „Welche Pflanzen könnte man nehmen?"

Rosalie spitzte die Lippen. „Hier wahrscheinlich nur Rüben. Das sollten wir aber erst probieren, wenn wir Tiere haben, welche die Reste fressen könnten, damit wir kein Geld verschwenden. Wir können aber auch süße Äpfel zu Marmelade kochen. Das könnte auch ohne zusätzlichen Zucker funktionieren. Was macht eigentlich der Stall?"

„Wir haben ein paar Schindeln im Schutt gefunden. Das Dach dürfte nun dicht sein", verkündete Sepp. „Die Tür hält noch, sie sieht schlimmer aus, als sie ist."

Rosalie schaute nach dem Stand der Sonne. „Gehen wir Ziegen kaufen!"

„Meinst du das ernst?", staunte Sepp.

„Todernst. Vielleicht haben wir ja Glück und jemand willigt in den Handel ein. Wir werden sicher auch ein Plätzchen zum Übernachten finden." Sie nickte den Männern aufmunternd zu.

Bernhard ließ sich den Tragekorb aufhucken, Sepp nahm seinen knorrigen Wanderstock zur Hand und Rosalie hängte sich das Geldsäckchen so um, dass man es nicht gleich sehen konnte. Dolche trugen alle drei am Gürtel.

Es waren zwar fast acht Kilometer bis zur Siedlung, aber Sepp hielt dank seines Wanderstockes wacker Schritt mit den beiden anderen. Rosalie brauchte ihn. Er hatte viele Jahre in Isolabona gelebt, kannte Hinz und Kunz und war der Einzige, der perfekt Italienisch sprach.

Rosalie hatte Bernhard auf dessen Bitte den Verband abgenommen, dem die frische Verletzung mit dem dicken Grind ein martialisches Aussehen verlieh, wenn der Wind den Bart beiseite wehte. Ein wenig fürchtete er sich wohl auch davor, von ihr als Versager angesehen zu werden, weil sie ihm nun schon zwei Mal in merkwürdigen Situationen aus der Patsche geholfen hatte.

Davon war Rosalie weit entfernt, denn seine stahlharten Muskeln erzählten in einer deutlichen Sprache, wie auch die gediegene Arbeit seiner Schwerter und Dolche. Dafür zollte sie ihm höchsten Respekt. Und gut sah er auch aus für sein Alter, das sie auf 35 bis 40 Jahre schätzte. Damit konnte sie durchaus leben.

„Woran denkst du?", fragte er nach ein Paarhundert Metern, weil sie schon eine Weile ziemlich verträumt vor sich hinschaute.

„An dich", kam es ohne Zögern über ihre Lippen, womit sie ihm einen freudigen Schock versetzte.

Sepp grinste sich eins. Rosalie sagte unter Freunden immer ehrlich, was sie dachte.

„Ich freue mich, dass du da bist." Sie schenkte Bernhard ihr bezaubendstes Lächeln.

Etwa in der Hälfte der Strecke legten sie eine kurze Rast ein, damit sich Sepp etwas erholen konnte. Der wieselte zwar wie ein Junger auf dem Hof und zwischen den Olivenbäumen herum, aber auf langen Strecken machte sich das Alter bemerkbar.

Gegen Abend erreichten sie Isolabona und suchten sich bei alten Freunden von Sepp eine Unterkunft für die Nacht. Der Sohn der Familie, ein

Bürschlein von etwa zehn Jahren, bekam den ehrenvollen Auftrag, alle Besitzer von Ziegen abzuklappern und sie zu fragen, ob ein oder zwei Tiere an die Ölmüllerin verkäuflich wären.

„Martino hat gesagt, er könnte eine Ziege hergeben!", rief er schon in der Tür, als er zurückkam.

Die schmalen Reaktionen der Erwachsenen auf diese Nachricht wunderten ihn nicht.

Rosalie und Bernhard schauten fragend in die Runde.

„Er ist nicht dafür bekannt, besonders nett zu seinen Tieren zu sein", erklärte Sofia mit vorsichtig gewählten Worten.

„Ich schaue mir die Ziege trotzdem an", erwiderte Rosalie. „Habe ich zwei Fledermäuse und einen Raben wieder auf die Flügel gebracht, klappt es vielleicht auch mit einer Ziege."

Rosalie zahlte gut für die Nacht und so kam es, dass sie am Morgen sogar eine Scheibe Brot bekamen, ehe sie zu Martino aufbrachen. Dessen Ziegen roch man schon von sehr Weitem, um nicht zu sagen, die Tiere stanken erbärmlich. Bis über die Hufe in Fäkalien stehend, gaben sie auch ein jämmerliches Bild ab. Neben einem Misthaufen lag ein Esel, der mehr tot als lebendig zu sein schien.

Bernhard verengte die Augen zu Schlitzen. Er hatte ja schon einiges erlebt, aber dass jemand die Tiere verkommen ließ, die ihm Nahrung gaben, hatte er noch nicht gesehen. Rosalie zuckte mit einem Lid. Offenbar hatte sie sich gerade einen Plan zurechtgelegt, den sie durchzuziehen gedachte. Sie fasste die magere Ziege an, auf die Martino zeigte, wiegte bedenklich den Kopf und fragte nach dem Preis.

Sepp übersetzte und fügte hinzu: „Der ist doch nicht ganz richtig im Kopf, für das dürre Gestell so viel zu verlangen."

„Ich nehme die Ziege", sagte Rosalie und zog mit Bedacht eine kleine Silbermünze hervor. „Kannst du herausgeben?"

Im 21. Jahrhundert hätte man gesagt, in Martinos Augen gingen die Dollarzeichen auf. Er wiegte langsam den Kopf. „Ich gebe dir dafür aber noch eine Ziege."

„Das ist zuwenig." Rosalie wandte sich um, als wolle sie gehen.

„Warte! Was willst du haben?" Martino rang die Hände. Die Münze war mehr wert als seine ganze verkommene Ziegenherde.

Rosalie blinzelte Sepp und Bernhard breit grinsend zu, tat, als schaue sie sich erst jetzt genauer um und forderte dann: „Ich will die Ziege, einen Bock, den zweirädrigen alten Karren und den halbtoten Esel."

Martino nickte heftig, erhielt die Münze und half sogar noch, den Esel auf den Karren laden. Die beiden Ziegen banden sie hinten an. Bernhard ergriff die Holme und zog, Rosalie schob, Sepp passte auf, dass ihnen kein Tier abhandenkam.

„Mit gutem Futter und einem trockenen Stall kriegen wir die Ziegen ganz schnell wieder hin. Nur der Esel macht mir Sorgen", kicherte Rosalie, als sie außer Sicht- und Hörweite waren.

Und, statt eine Pause einzulegen, schickte Rosalie Sepp auf den Karren, um mit Bernhard Meter zu machen, wie sie lachend kundtat. Sepp nutzte die Zeit, das schwache Eselchen zu kraulen und ihm gut zuzureden. Diesmal grinste Bernhard vergnügt vor sich hin. Rosalies Plan, im Handstreich ein genügsames Zug- und Reittier zu ergattern, war voll aufgegangen, zumal man es ja auch vor den kleinen Karren spannen konnte. Er zweifelte keine Sekunde daran, dass sie den Esel ganz schnell wieder auf die Hufe bringen werde.

„Was meint ihr? Packen wir es, den Wagen über die Brücke zu bringen?", fragte sie soeben und beide Männer waren davon überzeugt. Es würde knapp werden, aber funktionieren.

„Zehn Zentimeter!", staunte Rosalie, als Bernhard das Gefährt mit Geschick über die Baumstämme jonglierte. Sepp folgte ihnen mit den Ziegen, die sich heftig meckernd sträubten, die Brücke zu betreten.

Als er sie im Gras am Ufer anpflockte, war die Welt wohl gleich in Ordnung, denn sie sagten keinen Ton mehr und schlugen sich die Bäuche mit frischem Gras voll.

Der Esel wurde im Schatten gleich daneben vorsichtig vom Wagen abgekippt und ebenfalls mit einem langen Seil angepflockt. Aber so, dass ihn die Ziegen nicht behelligen konnten. Rosalie schöpfte mit einem Bottich Wasser aus dem Fluss. Sie half dem erschöpften Tier den Kopf zu heben. Es begann, in langen Zügen zu trinken, dann machte es erste Versuche, aufzustehen. Nach ein paar Minuten stand es tatsächlich auf seinen Hufen, fing an, zu grasen und ein paar Schritte zu gehen.

„Durst ist eine schlimme Sache", war ihr einziger Kommentar. Aus ihren Blicken lasen die Männer allerdings weniger freundliche Gedanken über den ehemaligen Besitzer des Eselchens, der wohl zu faul gewesen war, ausreichend Wasser für das Tier aus dem Fluss oder dem Brunnen zu holen, und es mit dem Futter offenbar ganz ähnlich gehalten hatte.

Bernhard schaute sich das Gebiss des Tieres an. „Also, wenn ich von einem Pferd ausgehe, würde ich ihn auf etwa fünf Jahre schätzen."

„Kein Alter, um zu sterben", erwiderte Rosalie.

Sepp fügte hinzu: „Aber ein gutes Alter, um viele, viele Jahre arbeiten zu können."

„Ich backe jetzt Fladenbrot", schlug Rosalie vor, „ehe wir auch am Verhungern sind. Dazu gibt es Olivenöl und schon ist die Welt wieder in Ordnung."

Nebenbei setzte sie auch gleich noch den Sauerteig für richtiges Brot an.

„Wo steckt eigentlich Paul?", fragte sie ratlos. Sie wusste genau, dass der ihnen nach Isolabona gefolgt war.

Sepp lachte. „Der neckt die Ziegen."

„Ich hab mich schon gewundert, was es pausenlos zu meckern gibt." Rosalie spähte amüsiert aus dem Fenster. „Den Esel lässt er aber in Ruhe. Er merkt wohl auch, dass der etwas schwächelt."

Als es nach Gebackenem duftete, waren die Ziegen plötzlich uninteressant. Paul hockte auf dem Fenstersims und lauerte auf Leckerli. Auch Bernhards Magen begann zu knurren. Sepp holte einen Krug Olivenöl vom Speicher und goss ein wenig in eine flache Schale.

Rosalie zog die heißen Fladenbrote aus dem Back-ofen, häufte sie auf ein Holzbrett und wünschte: „Guten Appetit".

Bernhard tunkte, wie sie und Sepp, sein warmes Brot in das Öl, um es mit großem Appetit zu ver-speisen. „Es schmeckt hervorragend!", lobte er.

Rosalie freute sich. „So, oder noch besser, muss das Öl schmecken, welches wir in unserer Mühle herstellen werden. Wir müssen die Bitterstoffe aus den Oliven ausschwemmen, sie mahlen, auf den geflochtenen Matten ausbreiten, pressen und das reine duftende Öl auffangen. Wisst ihr was? Zur Feier des Tages öffne ich ein Töpfchen eingelegter Oliven."

Sie holte das Steinguttöpfchen und jeder schöpfte sich etwas heraus. Bernhard testete mit halb geschlossenen Augen. Fremdartig aber durchaus lecker.

Paul sah das wohl auch so, denn er hüpfte vor lauter Gier auf Bernhards Schulter, um möglichst nahe am Geschehen zu sein.

„Was willst du denn?", schmunzelte der Schmied.

Paul rieb seinen Kopf an Bernhards Ohr und schnäbelte leise vor sich hin. Er bekam ein wenig Brot mit Öl, das er mit einem erfreuten Krächzen entgegennahm.

Bernhards neues Leben

Nach dem Essen schaute Bernhard zu, wie Rosalie die beiden Brotlaibe formte und in den Backofen schob, ehe er die Ziegen umpflockte und dem zufriedenen Esel einen Besuch abstattete. Er füllte den Wasserzuber auf und stellte auch den Ziegen einen Eimer mit kühlem Nass hin. Sepp steckte irgendwo am Hang auf dem anderen Ufer und suchte nach dünnen Stämmen, aus denen man ein Gatter für die Tiere bauen konnte, um sie nicht ständig anbinden zu müssen.

Bernhard folgte ihm nach einer Weile, um ihn zu überzeugen, dass es besser sei, dickere Stämme zu spalten. Sie schleppten einen auf den Hof, wo Bernhard seine Fertigkeiten in der Holzbearbeitung unter Beweis stellte.

„Wir haben unsere kleinen Häuser nur aus Holz gebaut", schmunzelte er. „Mit breiten Brettern kann man mehr anfangen, als mit dünnen Stangen."

Mit den ersten Exemplaren teilten sie ihm Stall eine Box für den Esel ab, damit der Ruhe vor den quirligen Ziegen hatte, auch hoch genug, dass diese nicht darüber klettern konnten. Paul begutachtete die Arbeit, indem er auf der fertigen Absperrung herumturnte.

Nach dem Abendessen, zu dem Bernhard wieder eine große Forelle beisteuerte, zog sich Sepp zurück. Die Plackerei des Tages hatte ihm viel abverlangt. Im Stall kamen die neuen Tiere auch langsam zur Ruhe und so setzten sich Rosalie und Bernhard neben der Mühle auf eine provisorische Bank, die sie aus zwei Steinblöcken und einem Brett gebaut hatten, um den lauen Abend zu genießen und die Fledermäuse auf ihrer geschickten Jagd nach Insekten zu beobachten.

„Schade, ich habe heute vergessen, nach einem Krug Wein zu fragen", seufzte Rosalie, ihren Kopf an Bernhards Schulter legend. Wobei sie dem saueren mittelalterlichen Trunk weniger zugetan war. Da schmeckte das einfach gebraute Bier fast besser. Aber auch davon war nichts im Haus.

„Das macht alles nichts", flüsterte Bernhard, ihr Haar streichelnd. „Ich habe von solch einem Augenblick geträumt, wie wir ihn jetzt erleben. Vor einem Häuschen sitzend, die Sterne betrachtend und einfach nur die Wärme der Haut spürend."

Rosalie kuschelte sich in seine Arme, fasste nach seiner Hand und drückte sie sanft. „Ich auch", gab sie zu.

„Und dein Mann in der anderen Zeit?", fragte Bernhard zaghaft.

„Ich hoffe, dass ich nie wieder dorthin muss", murmelte Rosalie mit geschlossenen Augen.

Bernhard drückte sie fest an sich. Er wusste, dass es sich nicht verhindern ließ, plante das Schicksal solch einen Schlag. So saßen sie beieinander, sich stumm umfangend und irgendwann stellte Bernhard mit einem leisen Lächeln fest, dass Rosalie an seiner Brust eingeschlafen war.

So trug er sie zu ihrer Schlafstatt und wollte gerade das Zimmer verlassen, als sie flüsterte: „Bitte, gehe nicht fort."

Er setzte sich auf die Bettkante und Rosalie zog ihn unter die Decke. Sie wollte einfach nur seine Nähe spüren.

Paul machte deswegen am nächsten Morgen ein Spektakel, das seinesgleichen suchte. Ob er sauer war, weil er was verpasst hatte, konnte Rosalie nicht sagen. Als Bernhard breit grinsend den Kopf schüttelte, fuhr sie Paul an: „Wenn du nicht sofort den Schnabel hältst, endest du als Braten!"

Schlagartig herrschte Ruhe. Rosalie und Bernhard brachen in schallendes Gelächter aus, in das Sepp einstimmte, als er die Geschichte des ganzen Theaters erfuhr. Paul verzog sich in den Stall und ließ seinen Unmut an den Ziegen aus, die es ihm mit gleicher Münze heimzahlten. Zumindest sah er recht zerzaust aus, als er eine habe Stunde später wieder erschien und, ohne einen Mucks von sich zu geben, auf einem Regal verschwand. Er bettelte nicht einmal um Futter. Die Hörner des Bocks hatten wohl die Grenzen deutlich abgesteckt.

Bernhard wechselte nach dem Frühstück einen Blick mit Rosalie, dann rief er: „Komm, Paul, wir gehen hinaus."

Keine Reaktion.

„Paulchen? Na komm schon! Ich habe auch ein Stückchen Brot für dich."

„Krahhh?" Der starke Schnabel tauchte aus dem Regal auf, dann folgte der ganze Rabe. „Krahhh?"

Bernhard hielt ein Restchen Brot hoch, das er extra für Paul aufgehoben hatte. Paul hüpfte auf den Tisch, kletterte auf Bernhards Arm, rieb seinen Kopf an dessen Ärmel und brummelte vor sich hin.

Bernhard steckte ihm das Häppchen direkt in den Schnabel, worauf Paul erfreut krächzte, auf Bernhards Schulter kraxelte und signalisierte, dass er bereit sei, um sich nach draußen Tragen zu lassen.

„Schau an, schau an!", rief Sepp.

„Liebe geht halt durch den Magen", witzelte Rosalie, worauf Paul ein Geräusch von sich gab, das einem meckernden Lachen ähnelte.

Zu dritt gingen sie zum Stall, wo die Tiere schon erwartungsvoll schauten. Das Eselchen, welches Rosalie einfach Matteo taufte, trotte so brav neben Rosalie her, dass sie beschloss, es nicht anzubinden. So wohl, wie es sich hier fühlte, werde es ganz bestimmt nicht weglaufen. Bei den verrückten Ziegen war sie da nicht sicher. Die hatten zu viele Flausen im Kopf. Erst als das große Gatter fertig war, ließ man die beiden frei laufen.

„Die fressen doch bestimmt die Reste der Rüben", überlegte Bernhard laut, worauf Sepp grinste.

Rosalie lachte. „Die nehmen so beinahe alles, was sie kriegen können. Wir haben nur keine Rüben."

„Stimmt." Bernhard kratzte sich am Kopf. „Naja, vielleicht eines Tages."

Heute stank nicht einmal der Bock so erbärmlich wie am Vortag. Den Esel führte Rosalie an den Fluss, um ihm mit einer kurzen Reisigbürste das Fell zu pflegen. Es war warm, sonnig, windstill und Matteo werde sich bestimmt nicht verkühlen. Die Zweige taten ihren Dienst hervorragend, denn schon bald war der Esel blitzsauber. Ein kurzes Schütteln, bei dem die davon fliegenden Wassertropfen in der Sonne glitzerten, schon trabte er über die Wiese und zupfte Blätter.

„Ich denke in zwei oder drei Tagen kann er leichte Lasten tragen oder den Karren ziehen", prophezeite Rosalie den Männern. „Ihm geht es erstaunlich gut."

Bernhard nickte lächelnd. „Ich sagte doch, du bekommst alles und jeden wieder auf Beine oder Flügel."

Er trug allein die schweren Stämme auf den Hof und ließ Sepp die leichten Zuarbeiten machen, wofür der sehr dankbar war. Dass er bei Rosalie sofort viele Pluspunkte sammelte, ahnte er nicht. Die stand in der Kräuterküche, mischte Trockengut für Tee und freute sich, dass Bernhard gleichermaßen durchdacht wie geschickt arbeitete und sie nicht erst Anweisungen geben musste. Dies war Bernhards neues Leben, in dem er völlig aufging.

Matteos durchdringendes „ihhh ahhh", lockte Rosalie aus dem Haus. Der Esel stand in der Nähe der Brücke und schrie, was das Zeug hielt. Auch die Männer liefen herbei.

Im nächsten Augenblick brachen sie alle in schallendes Lachen aus. Matteo hatte nur ungewohnte Geräusche auf dem Weg gehört und vorsichtshalber Alarm geschlagen.

„Wir brauchen keinen Wachhund, wir haben einen Esel", kicherte Rosalie.

Was sich näherte, war ein anderer Esel mit einem Halbwüchsigen auf dem Rücken, der direkt auf die Mühle zuhielt, sein Langohr an einen Strauch band und die Brücke betrat.

„Guten Tag! Meine Mutter schickt mich. Ich soll Kräuter holen." Er hielt Rosalie ein Körbchen mit frischen Eiern hin und wies auf seinen Tragesack, in dem noch ein Stück Schinken steckte.

Rosalie bat ihn in die Küche, wo Sepp fleißig übersetzte. Sie packte dem Jungen die gewünschten Bündel und Mischungen ein und schon saß er wieder auf seinem Esel. Matteo schaute nur kurz hinterher, dann widmete er sich wieder dem Gras auf der Wiese. Dass es zwei Stunden später ganz Isolabona wusste, wie gut es dem Mühleneesel und den beiden Ziegen ging, verstand sich von selbst.

„Du hast mehr eingepackt", vermutete Bernhard.

Rosalie nickte. „Sie haben nicht viel und sind eine große Familie. Wenn die Olivenernte beginnt, werde ich den Jungen wieder als Helfer beschäftigen, damit er etwas für die Familie verdienen kann. Er fasst überall mit an."

„Ich glaube, das wird auch nötig sein", sagte Bernhard bedrückt. „Sepp geht es nicht gut. Er will nicht darüber reden."

Rosalie nickte bekümmert. „Ich habe gemerkt, dass du ihm nur leichte Arbeiten gegeben hast. Er soll sich ausruhen, ich werde heute Nachmittag beim Holz helfen." Sie wandte sich wieder der Küchenarbeit zu, ließ ein wenig Speck aus und schlug mehrere Eier in die Pfanne, die sie anschließend mit reichlich Kräutern und Schinkenwürfelchen garnierte.

Der Duft lockte nicht nur die Männer herein. Auch Paul erschien von irgendwoher, um zu schauen, ob sich nicht ein Bröckchen ergaunern ließ. Sepp schloss für einen Moment die Augen, als er sich fast in Zeitlupe auf seinem Platz niederließ.

„Der Rücken?", fragte Rosalie teilnahmsvoll.

Sepp schüttelte traurig den Kopf. „Jeder Knochen. Ich glaube, du musst im Winter allein Geschichten erzählen."

„Das ist nicht dein Ernst", flüsterte Rosalie erbleichend.

„Meine Zeit ist um." Sepp steckte sich ein Stückchen Ei in den fast zahnlosen Mund. „Wenn doch nur jemand für dich übersetzen könnte! Das wäre mein letzter und sehnlichster Wunsch."

Zwei Tage später erschien Sepp nicht zum Frühstück und Bernhard ging schließlich nachschauen.

„Er ist zu seinen Vorfahren gegangen", sagte er, als er wiederkam.

Rosalie brach in Tränen aus und eilte hinüber. Spirito di montagna, der Geist der Berge, wie alle den Alten genannt hatten, war mit einem seligen Lächeln für immer eingeschlafen. „Wir bringen ihn nach Isolabona auf den Totenacker", murmelte sie, das Zimmer verlassend.

Bernhard kreierte aus dicken Seilen ein Geschirr für Matteo, der den Karren mit der Leiche ziehen sollte. Das Eselchen ließ sich auch willig anspannen. Rosalie steckte Geld in die Tasche, um den Totengräber bezahlen zu können. Dann trug sie mit Bernhard den Verstorbenen hinaus auf den Karren.

Matteo zog mit tief gesenktem Kopf das Gefährt. Er spürte ganz sicher, dass sein Freund, der ihn auf dem Weg hierher gestreichelt hatte, für immer gegangen war.

Sepps Wunsch geht in Erfüllung

Den größten Teil des Weges schwiegen sie, neben dem Wagen herlaufend, jeder mit seinen Gedanken beschäftigt. Um den Esel nicht zu überfordern, machten sie auf halber Strecke eine Pause und saßen stumm aneinander gelehnt. Rosalie wischte immer wieder Tränen weg, Bernhard zog geräuschvoll die Nase hoch, Matteo ließ den Kopf hängen. Er wollte nicht einmal Gras oder Wasser haben.

Als sie Isolabona erreichten, schlossen sich dem kleinen Trauerzug einige an, die Sepp gut gekannt und gemocht hatten. Rosalie ließ ihn auch nicht in einem Armengrab verscharren. Sie zahlte gut und so stand zwei Tage später ein kleines Kreuz aus Stein auf dem Grab, in welchem der Name und das Sterbedatum eingeschlagen waren.

Der Rückweg führte eher unfreiwillig an jenem Hof vorbei, woher der Esel stammte. Und dieser begann heftig zu zittern, als er in die Nähe des Misthaufens kam, auf dem man ihn verrecken lassen wollte. Rosalie hatte alle Hände voll zu tun, das verängstigte Tier zu beruhigen. Das hielt sie aber nicht davon ab, eine äußerst unschöne Szene zu beobachten, zu der Bernhard ebenfalls ein äußerst finsteres Gesicht machte, obwohl er nicht ein Wort verstand.

Rosalie verstand zwar auch nicht viel mehr, aber sie konnte sich zusammenreimen, worum es ging. Es reichte schon, dass Martino auf ein junges Mädchen einschlug, das sich nicht wirklich gegen den vierschrötigen Kerl wehren konnte. Sie hatte, wenn es Rosalie richtig übersetzt hatte, einen harmlosen Fehler gemacht, der ihr furchtbare Prügel einbrachte.

„Lasciala stare!" (Lass sie in Ruhe!), schrie sie Martino an, der irritiert die erhobene Hand sinken ließ.

„Dammi la ragazza!" (Gib mir das Mädchen!)

Rosalie hatte keine Ahnung, ob das grammatikalisch richtig war, was sie rief. Das Ergebnis war jedenfalls genau so, wie sie es erhofft hatte. Martino packte seine Magd und stieß sie auf Rosalie zu. „Portala con te!" (Nimm sie mit!)

Rosalie nahm das weinende Mädchen, das etwa 17 Jahre sein musste, tröstend in den Arm. „Komm mit, bei uns wirst du es besser haben."

„Danke! Ähhh, Gracie mille!" Das Mädchen begann sofort, dem Eselchen zu helfen, indem es den Wagen von hinten schob.

Rosalie begriff erst nach ein paar Minuten, dass sich die Fremde zuerst auf Deutsch bedankt hatte. Als es ihr bewusst wurde, betrachtete sie diese genauer. Die Kleider starrten vor Schmutz und der Körper darunter sah ausgemergelt aus. Das strohblonde Haar hing ihr wirr über die Schultern und verdeckte einen Teil des schmalen, blassen Gesichtes.

„Wie heißt du?", fragte Rosalie nun.

Das Mädchen zuckte herum und schaute ihre Retterin mit unbeschreiblichem Blick an. Auch sie hatte nicht bemerkt, dass Deutsch gesprochen worden war. Sie war seit Jahren nicht mehr in ihrer Muttersprache angesprochen worden. „Ich … ich heiße Anna."

„Woher kommst du?"

„Aus Genua."

Bernhard spitzte die Ohren. Genua. Das war doch die Stadt, wo Luciano in den Krieg ziehen musste!

„Stopp!", rief Rosalie. „Ich muss doch noch einkaufen!"

Matteo blieb stehen.

„Hoffentlich kann ich mit Händen und Füßen erklären, was ich haben möchte", seufzte sie. „Jetzt, wo Sepp nicht mehr übersetzen kann, wird einiges schwerer werden. Na ja, packen wir es an."

„Darf ich helfen?", fragte Anna zaghaft. „Ich spreche Italienisch."

„Na, das ist ein Zufall!", jubelte Rosalie und Bernhard sagte mit bedeutsamem Blick: „Das ist Sepps letzter Wunsch, der sich gerade erfüllt. Geht ihr einkaufen, ich passe auf Matteo auf." Er kraulte das Grautier zwischen den Ohren.

Die beiden Frauen eilten davon. Anna schien den Leuten im Ort nicht völlig unbekannt zu sein. Und sie wurde auch darauf angesprochen, ob sie nun in der Mühle arbeiten dürfe. Mit einem freudigen Nicken sagte sie ja, obwohl sie gar nicht gewusst hatte, dass ihre Retterin die geheimnisvolle, geschichtenerzählende Müllerin war, von der die Menschen sprachen.

Sie übersetzte auch jeden Satz für Rosalie, damit die gleich wusste, dass sie sich auf ihre neue Magd verlassen konnte. Weil wohl auch jeder gewusst hatte, wie Martino mit ihr umgesprungen war, gab es bei den Händlern ein kleines Extra. Mit vollen Körben kamen sie zu Bernhard zurück, der hocherfreut die vielen schönen Sachen auf dem Karren verstaute.

Anna konnte nach wenigen hundert Metern dem schnellen Tempo nicht mehr folgen, traute sich aber auch nicht, einen einzigen Ton darüber verlauten zu lassen. Rosalie merkte es schließlich und schickte sie auf den Karren.

Als Anna zögerte, sagte Rosalie lächelnd: „Das ist ein Vorschlag, kein Befehl. Ich bin nicht Martino. Du musst dir keine Sorgen machen." Sie erzählte die

Geschichte der drei von ihm gekauften Tiere. Dann fragte sie: „Du kommst zwar aus Genua, bist doch aber sicher nicht dort geboren?"

Anna schüttelte den Kopf. „Ich komme von der anderen Seite der Alpen."

„Wie Sepp", murmelte Bernhard mehr für sich. „Wenn das keine gutes Zeichen ist …"

„Wer sind deine Eltern? Wo leben sie?", wollte Rosalie wissen.

Anna biss sich auf die Unterlippe, schaute sie völlig verunsichert an und schüttelte schließlich ganz heftig den Kopf.

„Hat das etwas mit dem bevorstehenden Krieg zu tun?"

Anna nickte kaum merklich.

„Gut, dann sparen wir das Thema aus. Herzlich willkommen als Helferin in unserer Mühle! Besser?"

Anna lächelte dankbar.

Bernhard war es recht, nichts weiter über die Kleine zu erfahren, dann konnte man ihnen im Notfall wenigstens nicht unterstellen, gegen irgendjemanden zu arbeiten.

„Aber wie du nach Isolabona gekommen bist und warum du ausgerechnet bei Martino gelandet bist, kannst du uns bestimmt verraten", bat Rosalie.

Anna seufzte und erklärte: „Mutter und ich sind aus Pisa geflohen, als erste Gerüchte über einen Krieg die Runde machten. Wir wollten in Monaco Zuflucht suchen. Bei Sanremo wurden wir überfallen, ausgeraubt und zu allem Unglück getrennt. Ich bin nach Imperia zurückgegangen, um da Hilfe zu bekommen, wo wir zuletzt übernachtet hatten." Sie ballte die Fäuste. „Ohne Geld war ich für die Leute ein Nichts und man ließ mich einfach stehen. Ich könne mich ja als Magd verdingen und später noch mal nachfragen, wenn ich bezahlen könne." Annas Mundwinkel zuckten.

„Und dann?", fragte Bernhard.

„Habe ich überall versucht, als Magd zu arbeiten, weil ich Essen und ein Dach über dem Kopf brauchte", flüsterte Anna. „Die einen wollte kein Mädchen einstellen, das noch nie gearbeitet hatte und dem man alles erklären musste. Die anderen verlangten, ich solle zwei Jahre ohne Bezahlung arbeiten. Irgendjemand schickte mich dann hier ins Tal. Da könne ich auf der Burg der Doria nach Arbeit fragen. Aber der Admiral war schon mitten in den Kriegsvorbeitungen und wollte kein neues Dienstmädchen haben. Da bin ich weitergewandert und schließlich nach Isolabona gekommen."

Rosalie schaute sie aufmunternd an, weil ja der Teil noch fehlte, wie sie an Martino geraten war.

„Meine Eltern haben mich stets behütet und von allem Ärger ferngehalten. Das rächte sich nun ziemlich bösartig. Ich habe diesen Mann gleich bei den ersten Häusern getroffen und natürlich sofort gefragt, ob er wisse, wer eine Magd brauche. Er könne eine brauchen, weil er einige Tiere habe, die versorgt werden müssten. Die Arbeit sei nicht schwer. Er zahle auch gut ...“

„Und da bist du mitgegangen, vermute ich“, warf Bernhard ein.

Anna nickte. „Ja, das habe ich getan und schon bereut, als ich nur einen Fuß über seine Schwelle gesetzt hatte. Seitdem hat er mich behandelt, wie ihr es erlebt habt. Und nicht nur mich. Auch seine Tiere ... aber das wisst ihr ja.“

„Wie lange warst du bei ihm?“

„Ich weiß es nicht“, sagte Anna unsicher. „Ein paar Wochen. Manchmal hat er mich ohne Essen in eine dunkle Kammer gesperrt. Ich weiß nicht, wie lange ich immer dort drin war. Vielleicht Stunden, vielleicht Tage. Geld habe ich auch nicht bekommen.“

Bernhard schüttelte wütend den Kopf. „Warum macht er sowas?“

„Aus purer Freude, andere zu quälen", rief Anna. „Je weniger man sich wehren kann, umso schlimmer treibt er es."

„Schau mal, da vorn ist schon unsere Mühle und weit und breit nur Wiese, Wald und Wasser und natürlich unsere Olivenbäume und Tiere. Aber mit denen wirst du dich sicher bald anfreunden", versprach Rosalie. „Für heute versuchen wir nur noch, deine Kleider zu waschen und zu reparieren und dir die Mühle zu zeigen."

Matteo wurde sofort ausgespannt, als der kleine Karren die Brücke passiert hatte. Mit lautem „ihhhh ahhhh!", trabte er auf die Wiese, um zu weiden und aus dem Fluss zu trinken.

Bernhard zog den Karren in die kleine Remise, lud Körbe und Säcke ab, welche die Frauen gemeinsam ins Lager trugen. Rosalie gab Anna ein einfaches Kleid, damit sie ihr am Fluss zeigen konnte, wie man ohne Hilfsmittel Wäsche wusch. Sie spülte, walkte und wrang den Stoff von Annas Kleid, bis sich der Schmutz löste. Dann drehte sie alles auf links und warf es über die Stangen eines Gestells, das ihr Sepp gebaut hatte und das einem modernen Wäscheständer des 21. Jahrhunderts nicht ganz unähnlich war. Zumindest hatte er ihre Erklärungen bestmöglich umgesetzt. Der neugierige Rabe landete natürlich auch wenig später auf den Stangen und Anna zuckte erschreckt zurück.

„Paul, unser Kolkrabe, Anna unsere neue Mitbewohnerin", stellte Rosalie die beiden scherzhaft einander vor.

„Krahhh!", machte Paul, auf der dünnen Stange wippend, die Fremde neugierig beäugend.

„Benimm dich, einer Dame gegenüber", blinzelte Rosalie und Paul gab keckernde Töne von sich, über die Anna schmunzeln musste. Sie hatte nicht gewusst, dass Raben mehr, als krächzen, konnten.

Die Ziegen verhielten sich friedlich, als sie das Gatter betraten. „Wenn du Angst vor dem Bock hast, dann sage es mir", bat Rosalie, weil Anna etwas skeptisch die langen zur Seite gedrehten Hörner betrachtete.

„Haben die Ziegen auch Namen?", wollte Anna wissen.

„Ich nenne sie Maxi und Moritz", erwiderte Rosalie, „hab aber bis jetzt noch nicht erlebt, dass die darauf wirklich reagieren. Aber sie sind ja auch erst recht neu bei uns."

„Du hast sehr viel Geduld", stellte Anna mit einem überaus dankbaren Lächeln fest.

„Manchmal zu viel!", lachte Rosalie und jagte Paul von der Wäsche, als der immer wieder versuchte, daran herumzuzupfen. „Der schwarze Kerl hat doch an manchen Tagen nichts als Unsinn im Kopf!"

Bernhard kam mit dem Fischspeer über die Wiese. „Ich besorge uns Abendbrot."

Anna bekam große Augen, als Rosalie fragte: „Du isst doch Fisch?"

„Ja, natürlich! Sehr, sehr gern. Ich habe, seit ich auf Wanderschaft war, keine warme Mahlzeit mehr gehabt."

„Ich habe es befürchtet. Du siehst nämlich auch genau so aus." Rosalie streichelte sanft Annas Arm. „Na komm! Die Mühle kannst du dir auch morgen anschauen. Bereiten wir lieber das Essen vor." Sie legte Anna einen Arm um die Schulter und dirigierte sie zum Lager der Lebensmittel. „Hier werden nach der Ernte die Fässer und Krüge mit dem Öl stehen und tausend leckere Dinge, die man noch aus Oliven machen kann."

Anna schnupperte hingerissen, dann begann ihr Magen laut und fordernd zu knurren. „Ich ... ich dachte, das hat er inzwischen verlernt", stotterte sie verstört.

„Nicht mehr lange, dann bekommt er endlich etwas zur Beruhigung", versprach Rosalie.

Bernhard war sehr erfolgreich. In Anbetracht des blassen, dünnen Mädchens holte er drei große Forellen aus dem Wasser, wohlwollend von Paul beobachtet, der sich schon jetzt auf die vielen Köpfe freute.

Als die beiden Frauen das Lager verlassen wollten, bewegte sich eine der Fledermäuse neben der Tür und versetzte Anna den nächsten gewaltigen Schreck.

„Vor denen musst du dich auch nicht fürchten, das sind Pauli und Pauline, unsere süßen Fledermäuse. Die sorgen dafür, dass abends nicht so viele Mücken am Wasser sind. Die fressen sie in ganzen Schwärmen."

„Oh, das wusste ich auch nicht", gab Anna zu. „Ich werde wohl noch sehr viel lernen müssen."

„Man lernt niemals aus, egal wie lange man lebt", erklärte Rosalie, im Vorbeigehen die beiden Fledertiere streichelnd.

Anna nickte. Sie ließ sich auch sofort ganz genau zeigen, wie man das Gemüse für die Fischbeilagen putzen und zubereiten musste. Es machte Spaß. Vor allem, wenn man nicht angebrüllt oder gar geschlagen wurde, nur weil etwas nicht gleich perfekt war. Rosalie lachte die kleinen Missgeschicke fröhlich weg und half, es besser zu machen. Anna schaute zu, wie die Fische ausgenommen, gewürzt und mit Kräutern gefüllt wurden. Sie merkte sich auch, wie es aussehen musste, wenn die Fische endlich gar waren.

Dann durfte sie das fertige Essen auf den Tisch tragen, an dem sie selber auch einen Platz bekam. Rosalie stellte noch drei Becher auf den Tisch und schenkte wundervoll duftenden Tee aus. Anna hatte im Gemüseputzeifer gar nicht bemerkt, wie ihre neue Dienstherrin die Kräuter aufgebrüht hatte. Mit leuchtenden Augen nahm sie den Teller mit einer ganzen Forelle entgegen und bedankte sich mehrmals.

„Wir haben nicht immer so viel auf dem Tisch, aber heute ist ein besonderer Tag und der muss gefeiert werden", erklärte Rosalie. „Wir haben heute Morgen in Isolabona einen lieben Freund zu Grabe getragen und wir haben dich befreien können. Sein letzter Wunsch war, dass wir jemanden finden mögen, der an seiner statt für uns übersetzt. Und dieser jemand bist du. Die freudigen Ereignisse wiegen die Trauer also auf. Wir gedenken seiner mit einem dankbaren Lächeln. Aber lasst es euch nun schmecken, ehe es kalt wird!"

Anna taut auf

Anna sog den Duft der Speisen mit geschlossen Augen ein, ehe sie sich ein Stück Fisch in den Mund schob. Bernhard und Rosalie blinzelten sich zu.

„Das ist so lecker", flüsterte Anna dankbar.

Paul erhielt inzwischen von Bernhard den Kopf seines Fischs. Er hatte ihn aus dem Fenster geworfen, um eine Weile Ruhe vor der aufdringlichen Bettelei des Raben zu haben.

Als Paul wenig später wieder am Tisch herumstrolchte, jagte ihn Rosalie fort. „Raus mit dir! Geh Mäuse fangen!"

„Tut er das jetzt wirklich?", staunte Anna.

Bernhard lachte. „Wenn er nichts anderes bekommt, fängt er sie freiwillig. Immerhin ist er ein Rabe, der sich gut und gern allein sein Futter suchen kann. Es ist nur viel bequemer, am Tisch zu betteln, als selbst auf die Suche zu gehen. Er weiß aber auch, wenn er jetzt Dummheiten anstellt, kann er die anderen Fischköpfe vergessen."

Als Anna ihren Teller leer gegessen und für Paul die Reste hinaus geworfen hatte, streifte ihr Blick das kleine Regal auf der anderen Seite des Raumes. Dort stand etwas, das sie hier nicht erwartete. „Ist das ein Tintenfass mit einer Schreibfeder?"

„Ja, ich mache mir hin und wieder Notizen zu Geschichten, die ich im Winter erzählen will", erklärte Rosalie.

Annas Blick verklärte sich beinahe. Ihre neue Dienstherrin war in jeder Weise erstaunlich. Sie selber hatte auch schreiben gelernt und wusste, wie wenigen Frauen es vergönnt war, das zu beherrschen. Und hier traf sie, irgendwo, weit weg von anderen Menschen, auf eine Frau, die das auch konnte und gar keine große Sache daraus machte. Sie nahm sich vor, immer aufmerksam zuzuhören, wenn Rosalie und Bernhard etwas erklärten, denn in den beiden schien viel, viel mehr zu stecken, als es den Anschein hatte.

Matteo steckte den Kopf zum Fenster herein.

„Ach der Kleine will in den Stall", schmunzelte Bernhard. „Heute wird er sehr müde sein."

Wie ich, dachte Anna. Laut sagte sie: „Darf ich helfen, die Tiere in den Stall zu bringen?"

„Komm mit!", rief Bernhard. „Auf dem Rückweg nehmen wir zwei Eimer Wasser aus dem Fluss für Rosalie mit."

Anna trieb die Ziege vor sich her, Bernhard den Bock. Vor der Tür wartete schon Matteo, der sich sofort zur Ruhe begab. Rasch noch die Wassereimer für die Tiere füllen und dann die beiden für Rosalie.

Anna konnte ein Gähnen nur schwer unterdrücken. Nach dem Abwaschen zeigte ihr Rosalie die Kammer. Und wieder staunte das junge Mädchen über so viel Platz, den man ihr zugestand. Bei Martino hatte sie einen gammeligen Strohsack im Schuppen bekommen.

„Ich habe die Umhänge von Sepp hier gelassen", erklärte Rosalie, „du wirst sie brauchen."

Anna schlief schon ein, da hatte ihr Kopf gerade den duftenden Heusack berührt. Rosalie schloss mit einem milden Lächeln die Tür.

Bernhard nahm Rosalie in die Arme. „Jetzt machen wir es uns noch ein Weilchen auf der Bank gemütlich."

Paul hatte das wohl auch als Aufforderung verstanden, denn er hopste auf Rosalies Schulter und ließ sich hinaus tragen. Dort hielt er es dann aber für unterhaltsamer, die ersten Nachtfalter zu jagen.

Bernhard streichelte Rosalies Hand. „Die guten Geister haben Sepps Wunsch erfüllt und uns damit sehr geholfen."

Sie nickte. „Vielleicht fügt sich nun endlich alles zum wirklich Guten."

„Für dich bestimmt, denn du schaust nicht weg, wenn es anderen sehr schlecht geht. Die Kleine" , deutete mit dem Kopf hinter sich in Haus, „hast du heute sehr glücklich gemacht."

„Der brutale Kerl hätte sie sicher erschlagen!" Rosalie war noch immer außer sich, wenn sie daran dachte. „Sie muss aus sehr reichem Haus stammen, wenn sie noch nie vorher gearbeitet hat. Das müssen wir auch weiterhin ein bisschen berücksichtigen. Aber sie ist mit Eifer bei der Sache und will ja auch lernen."

„Was könnte sie tun, wenn im Winter weniger Arbeiten anfallen?", überlegte Bernhard laut.

„Spinnen oder Stricken", antwortete Rosalie. „Ich habe auch schon ewig nicht mehr gestrickt. Ich werde sie einfach fragen, womit sie sich bisher beschäftigt hat. Vielleicht lässt sich darauf aufbauen. Wir können jede Einnahme dringend gebrauchen."

„Wenn ich doch nur wieder schmieden könnte!", seufzte Bernhard traurig.

Rosalie küsste ihn auf die Nasenspitze. „Das wirst du eines Tages ganz sicher wieder tun. Ich werde alles unternehmen, was irgendwie in meiner Macht steht. Nur kann ich dir im Augenblick das Nugget nicht geben. Wenn wir eine schlechte Ernte haben, verhungern wir im Winter."

Bernhard wehrte mit beiden Händen ab. „Das weiß ich doch. Außerdem hast du schon den Kristall geopfert, um uns das Leben zu erleichtern. Der Esel zieht den Wagen, die Ziegen halten das Gras zwischen den Bäumen kurz, so habe ich weniger Arbeit. Im nächsten Jahr werden wir bestimmt ein Zicklein und Milch haben. Dann gibt es Käse. Anna scheint sehr fleißig zu sein, wenn man es ihr ordentlich erklärt, so wie du es machst. Zudem scheint sie genau so perfekt Italienisch zu sprechen, wie Sepp, wenn nicht sogar noch besser. Ich habe Hoffnung, dass wir es irgendwie alle gemeinsam schaffen werden."

„Du hast recht, Schatz." Rosalie schmiegte sich an Bernhards Schulter.

„Das hast du doch noch nie gesagt", staunte er, sie zärtlich streichelnd.

„Ich hätte es viel eher sagen müssen, dass du mir so viel bedeutest", flüsterte sie. „Dass ich wirklich mit dir und nicht irgendwie neben dir leben will."

Im nächsten Augenblick fühlte sie sich hochgehoben, denn Bernhard trug sie eilends in das Haus. Rosalie schlang ihm die Arme um den Hals und genoss jede Regung. Anna schlief viel zu fest, um etwas von ihrer neuentdeckten Zweisamkeit zu bemerken.

Am Morgen waren beide gerade mit Anziehen und Waschen fertig, als sie ein markerschütternder Schrei in Annas Kammer rennen ließ.

Das junge Mädchen saß völlig verstört im Bett und begann zu weinen, als sie die beiden erkannte. „Tut mir furchtbar leid", stammelte sie. „Ich habe gerade ganz Schreckliches von Martino geträumt und beim Aufwachen gemerkt, dass die Sonne schon aufgegangen ist. Ich dachte, gleich kommt er und verprügelt mich wieder, weil ich verschlafen habe. Ich bin gleich fertig. Versprochen!"

„Nimm dir Zeit", tröstete Rosalie. „Hier schlägt dich ganz bestimmt niemand."

„Ein Wunder, dass dem Kerl noch niemand den Hals umgedreht hat", murmelte Bernhard auf dem Weg zum Stall, um die Tiere ins Freie zu lassen.

Anna rannte über die Wiese zum Fluss, um sich zu waschen.

„Mach langsam, Mädchen!", rief Bernhard hinüber. „Das Frühstück läuft nicht weg!"

„Krahhh, krahhh, krahhh", spektakelte Paul, indem er Bernhards Stimmlage nachahmte.

Rosalie hatte für jeden ein Ei gekocht, natürlich den begehrten Tee aufgebrüht und gab nun jedem auch ein Fladenbrot. Sauerteigbrot werde sie erst heute wieder backen. Das Schälchen Olivenöl zum

Eintunken des Brotes stand mitten auf dem Tisch. Ein einfaches Mahl, das Anna vorzüglich schmeckte. Rosalie hatte beiläufig erwähnt, dass es in der Mühle drei Mahlzeiten am Tag gab, von denen eine immer warm sei. Das Ei war warm.

Rosalie hatte ihr die Gedanken überdeutlich am Gesicht abgelesen, denn sie begann zu lachen: „Das ist das Frühstück. Rohe Eier schmecken nicht wirklich gut. Sie erst kalt werden lassen, ist nur erforderlich, wenn ich sie für einen Salat brauche oder aufs Brot legen will, weil gerade nichts anderes da ist."

„Ich habe auch erst von ihr gelernt, was man alles Schönes damit machen kann", schmunzelte Bernhard. „Ich dachte immer, dass ich alles darüber weiß, wie man jedes essbare Ding aus der Natur verwenden kann. Aber da, wo sie herkommt, ist die Welt so viel anders, dass mich gar nichts mehr wundert."

Anna nickte. Sie kannte Rosalie zwar erste wenige Stunden, hatte aber auch sofort bemerkt, dass die sich mit Dingen auskannte, die eigentlich dem Adel vorbehalten waren. Schreiben zum Beispiel. Sie hatte ja sogar Papier, statt Pergament, das noch viele benutzten. Zudem schien sie auch viele andere Privilegien zu haben, denn Bernhard holte die Forellen ganz offen aus dem Fluss.

„Gehört dir das Stück Land mit der Mühle?", fragte Anna vorsichtig.

Rosalie schüttelte lächelnd den Kopf. „Nein. Ein sehr, sehr guter Freund, möchte ich sagen, hat mir beides zur Nutzung überlassen."

Anna grübelte. „Ich habe gehört, die Mühle ist erst wieder neu aufgebaut worden."

„Das ist richtig. Er und der Admiral haben es für mich getan."

„Das habe ich auch gehört", gab Anna zu. „Jetzt, wo ich dich kenne, glaube ich, was ich für unmöglich hielt. Du musst ihnen wohl einen unschätzbaren Dienst erwiesen haben."

„Das kann man so sagen", bestätigte Rosalie.

Sie hielt sich mit Informationen stark zurück, solange sie nicht wusste, wessen Tochter Anna war. Nur, was der Buschfunk sowieso verbreitet hatte, kommentierte sie entsprechend. Bernhard hielt sich schon aus blankem Selbstschutz an die Abmachung. Ihm war wenig daran gelegen, zwischen die Fronten zu geraten. Wegen einer verbalen Dummheit Rosalie zu verlieren, wäre sein Todesstoß gewesen, da war er ganz sicher.

Anna lag auch nichts daran, durch neugierige Fragerei den Unmut ihrer neuen Dienstherrschaft zu erregen. Wobei sie mehr das Gefühl hatte, zur Familie zu gehören, denn eine Magd für die beiden zu sein.

Heute war auch endlich ihr eigenes Kleid wieder trocken. Trotzdem folgt sie dem guten Rat von Rosalie, eine Schürze darüber zu tragen, um es sich nicht noch mehr zu ruinieren.

„Traust du dich, allein da drüben am anderen Ufer Brennholz zu sammeln?", hörte sie Bernhard fragen.

Martino hätte es ihr schlicht befohlen und sie beim geringsten Zögern zur Tür hinaus gestoßen. Nun beeilte sie sich, die Frage zu bejahen.

„Nimm Matteo mit. Der kann mehr tragen als du", schlug Bernhard vor.

Ein paar Minuten später führte Anna den Esel über die Brücke. Er trug zwei Körbe links und rechts vom Körper, in welche sie die Äste stecken sollte. Bernhard schaute zu, wie sie die ersten Bruchstücke aufsammelte, dann wandte er sich den Ziegen zu. Er befühlte Beine, Körper und Zähne, um festzustellen, dass beide kerngesund waren.

Rosalie war zu den Olivenbäumen gegangen, die über und über voller Früchte hingen. „Wenn uns kein Unwetter heimsucht, bekommen wir eine Rekordernte", erklärte sie Bernhard.

„Ich habe alles vorbereitet", erklärte er zufrieden. „Die Presse ist intakt, die Matten sind sauber und trocken. Die Rinnen und Steinbottiche säubere ich noch einmal, bevor wir mit der Arbeit beginnen. Ich freue mich darauf, endlich wirklich Müller sein zu können."

Ja, das war sicher. Als Schmied hatte er die Kraft, auch mit den Gewichten und der Presse umzugehen. Wo sonst zwei Personen an den Stangen des Gewindes drehen mussten, kam Bernhard ganz allein zurecht.

Das Trappeln der Eselhufe auf der Brücke zeigte an, dass Anna erfolgreich zurück sein musste. Rosalie grinste vergnügt, als sie Paul auf Matteos Rücken erspähte, der wohl die ganze Zeit auf Anna aufgepasst hatte. Sie begann, die Körbe zu leeren, wobei sie zwischen den großen Ästen immer wieder viel kleinere Stücke fand.

Anna hob entschuldigend die Hände. „Paul wollte unbedingt helfen."

„Das muss aber belohnt werden", erklärte Rosalie, eine Steckrübe zerschneidend.

Matteo bekam das große Stück und Paul das kleine, mit dem er sich in den Stall trollte, um es ganz in Ruhe in schnabelgerechte Stücke zu zerhacken. Das zufrieden Krächzen hörten sie bis zu den Lagern.

Bernhard dreht inzwischen den Schleifstein, wo er der Axt einen Schliff verpasste, mit dem er hätte Haare spalten können. Er legte auch immer gleich zwei oder Äste auf den Hackstock. Anna schaute tief beeindruckt zu.

„Er ist eigentlich Bronze-Schmied", verriet Rosalie. „Sogar einer der Besten seiner Zunft."

„Ich habe noch nie so eine scharfe Axt gesehen", gab Anna zu. „Er kennt sich doch sicher auch mit Schwertern und Dolchen aus?"

„Darauf kannst du wetten!", rief Rosalie. Auf den nachdenklichen Blick des Mädchens fügte sie hinzu: „Meine Gönner haben ihn zu meinem Schutz nicht in den Krieg gezwungen."

„Ich verstehe." Annas Verehrung der beiden ungewöhnlichen Menschen wuchs gleich noch ein Stück.

„Was haltet ihr von Pizza?" Rosalie checkte den Stand der Sonne. „Ich muss doch heute auch noch den Brotteig ansetzen. Da ist der Backofen gleich schön vorgewärmt."

„Viel!", rief Anna, während Bernhard, der mit dem Begriff noch nichts anfangen konnte, anmerkte: „Ich esse alles, was auf den Tisch kommt."

Anna schnitt Gemüse und Oliven, Rosalie knetete und rollte den Teig aus, ehe sie Käse hackte. Dank der exzellenten Anschliffe von Bernhard ein Kinderspiel, bei dem man nur sehr auf die Fingerkuppen achten musste. Als sie das fertig belegte Stück Teig in den Ofen schob, deckte Anna schon den Tisch. Paul hockte auf dem Fensterbrett, dem Platz mit dem besten Überblick nach drinnen und draußen. Bernhard stand an der Nervia, flussaufwärts schauend und sich am Kopf kratzend. Rosalie beobachtete mit einem Auge die Pizza im Backofen und mit dem anderen Bernhard, der gerade wieder eine Idee auszubrüten schien.

„Da oben wachsen doch Weiden, wenn ich mich richtig erinnere", sagte er, sich an den Tisch setzend.

„Willst du Körbe flechten?", fragte Rosalie sofort.

„Ja. Große und kleine, mit und ohne Deckel. Warum sollen wir sie teuer kaufen, wenn wir sie selber machen können? Wenn all unsere Oliven reif werden, müssten die Ernter ja rennen, um die drei Körbe, die wir haben, immer gleich zu leeren. Nicht ernten und wegtragen, sondern die Schwächsten füllen die Körbe und die Stärksten tragen sie in die Mühle. Wo sie, wie du mir erklärt hast, ja auch erst gewässert werden müssen."

„Ich stimme dir voll und ganz zu", strahlte Rosalie. „Aber jetzt gibt es erst einmal Essen. Ich habe Hunger wie ein Bär."

„Oh, na das sieht aber gut aus!" Bernhard rieb sich die Hände.

Anna dachte wohl gerade dasselbe. Es war auch so viel da, dass alle noch einmal nachholen konnten.

„Man kann nur gut arbeiten, wenn man gut und ausreichend zu essen hat", schmunzelte Rosalie. „Das ist nun wirklich die warme Mahlzeit für heute."

„Ich bin so froh, dass ich bei euch sein darf", erklärte Anna mit leuchtenden Augen.

„Morgen ist der 6. August", sagte Rosalie plötzlich.

Bernhard schluckte, während Anna fragend schaute.

„Es ist der Beginn der größten Seeschlacht dieses Jahrhunderts, nicht nur zwischen Genua und Pisa", murmelte Rosalie.

Anna zuckte zusammen und hauchte: „Woher weißt du das?"

Bernhard legte einen Finger auf seine Lippen und flüsterte: „Rosalie ist die Frau, die aus der Zukunft stammt."

„Auch davon habe ich gehört", wisperte Anna. „Darfst du uns sagen, wie die Schlacht enden wird?"

„Mit einem Sieg der Genueser unter Oberto Doria. Wir sind also in diesem Tal sicher." Rosalie klaubte die Krümel zusammen und reichte sie Paul in einem Schälchen.

„Gut. Sehr gut." Anna atmete ganz tief durch.

„Du stehst also für unsere Leute", stellte Rosalie in den Raum, worauf Anna lächelnd nickte. „Sonst wären wir bestimmt nicht aus Pisa fortgegangen."

„Nach Monaco wolltet ihr, weil es sich neutral verhält?"

„Nein, weil wir dort Verwandte haben. Deshalb spreche und verstehe ich auch den ligurischen Dialekt so gut."

Rosalie wusste in etwa, wann sich die Seerepubliken gebildet hatten und in welchem Verhältnis sie zu *dem Felsen* standen, wie Monaco immer wieder genannt wurde. Zum Ort der Schönen, Reichen und ganz schön Reichen war er erst um das 19. Jahrhundert geworden.

Trotzdem musste die Familie von Anna nicht ganz unbedeutend sein, wenn sie dort Zuflucht suchen wollte. Vielleicht würde Anna ja eines Tages preisgeben, welches Geheimnis sie so eifrig hütete.

Die Seeschlacht bei Meloria

Am nächsten Morgen war Rosalie sehr schweigsam und auch Anna wirkte bedrückt. Seit sie gehört hatte, dass die heute beginnende Schlacht, die größte werden sollte, die man bis dahin je gesehen hatte. Sie wusste nicht, ob ihre Eltern noch lebten und wenn ja, wie es ihnen ergangen war.

Bernhard hatte in den letzten Stunden zu verstehen versucht, wie groß Schiffe sein konnten und was deren Bewaffnung war. Für den Mann aus der Bronzezeit kaum vorstellbare Dinge. Rosalie hatte Bilder in den Boden geritzt und immer einen Menschen als Größenvergleich daneben gemalt.

Dass es Orte geben konnte, in denen noch mehr Menschen als in Isolabona lebten, sprengte schon allein seine Vorstellungskraft. So war er auch in sich gekehrt, weil er sich vorzustellen versuchte, wie es wohl sei, wenn solche Massen bewaffneter Männer aufeinanderträfen.

„Erzählst du uns etwas über die Schlacht", bat er schließlich und auch Anna faltete bittend die Hände.

Rosalie atmete tief durch. „Ich versuche es. Es ist schließlich schon sehr lange her, dass ich darüber gelesen habe. Wenn die Unseren siegreich zurückkehren, erfahren wir bestimmt Genaueres."

„Sie stammt aus dem 21. Jahrhundert", warf Bernhard ein, als Anna erneut den Kopf darüber schüttelte, was Rosalie alles wusste.

„Ei ... ein ... Einundzwanzigstes Jahrhundert???" Anna hielt sich an der Tischkante fest, sonst wäre sie bestimmt vom Hocker gefallen. „Da ... das sind ja 800 Jahre! Ich werde es niemandem verraten!", versprach sie, weil sie sich an den Finger vorm Mund bei Bernhard erinnerte.

„Und deshalb werde ich dir jetzt auch sagen, was ich über die Seeschlacht weiß", versprach Rosalie. „Die genuesische Flotte unter Admiral Oberto Doria zieht mit einer leichten Unterzahl, gegen die 120 Schiff der Pisaner, unter dem Befehl des Venezianers Alberto Morosini in die Schlacht. Sie wird sieben Schiffe versenken und 28 erobern. Es werden 5000 Pisaner den Tod in der Schlacht finden und mehr als doppelt so viel als Gefangene nach Genua verschleppt werden."

Anna schlug die Hände vors Gesicht, während Bernhard mit offenem Mund zuhörte. Das waren Zahlen, mit denen er nicht mehr umgehen konnte.

„13 Jahre nach der Schlacht wird es ein Friedensabkommen zwischen Genua und Pisa geben, das die Gefangenen befreit. Nur 1000 von 11000 werden lebend nach Hause zurückkehren."

„Was ist eigentlich der Auslöser für einen derart furchtbaren Krieg?", fragte Bernhard.

„Eine Provokation durch die Pisaner", erinnerte sich Rosalie. „Sie haben im Juli Rapallo geplündert und sind dann nach Genua weitergezogen, das zu diesem Zeitpunkt schutzlos war, weil die gesamte Flotte vor Sardinien kreuzte. Sie schossen Botschaften in die Stadt und machten dann schleunigst, dass sie fortkamen. Einige genuesische Schiffe folgten ihnen und vor der Küste der Toskana trafen dann beide Flotten aufeinander. Es musste unweigerlich zu einer gewaltigen Schlacht kommen.

Der heutige Tag, der Sankt-Sixtus-Tag, ist in Pisa Nationalfeiertag. Zudem sehen sie es als gutes Omen, weil sie an diesem Tag schon mehrere Schlachten gewonnen haben. Die Überzahl der Schiffe gibt ihnen trügerische Sicherheit. Sie ziehen also heute mit drei Geschwadern gegen zwei Geschwader der Genueser unter Oberto Doria und Corrado Spinola.

Sie ahnen nicht, dass das, was sie sehen, nicht alles ist, was die Genueser haben. Hinter einer Felsenbucht hält sich noch ein Geschwader versteckt, das von Benedetto Zaccaria befehligt wird. Seine Leute werden das pisanische Flaggschiff in ihre Gewalt bringen und Morosini gefangen nehmen. Die Schiffe unter Graf Ugolino della Gherardesca werden dann von pisanischer Seite nicht mehr in die Schlacht eingreifen. Ein Sieg auf ganzer Linie."

Vielleicht war es ja ein Zufall, aber Rosalie schien es, als leuchteten Annas Augen bei der Nennung des Namens Spinola auf.

„Ich möchte ein Mal in meinem Leben die großen Schiffe sehen", murmelte Bernhard. „Ich kann sie mir einfach nicht wirklich vorstellen."

Anna riss sie die Augen auf. So nah an der Küste kannte eigentlich jeder Schiffe.

„Er kommt aus der Bronzezeit, aus einer Zeit die viele hundert Jahre in der Vergangenheit liegt, von heute an", erklärte Rosalie. „Da gab es noch nicht solche riesigen Schiffe. Zudem waren wir, seit wir hier sind, noch nicht am Meer."

Anna presste die Hände an die Schläfen. „Wie gern möchte ich euch alles zeigen! Aber man läuft viele Tage, bis man das große Wasser sehen kann."

„Ich weiß", schmunzelte Rosalie, ich war mehrmals mit dem Bus hier.

„Was ist ein Bus?", fragten Anna und Bernhard synchron.

„Ein riesengroßer Wagen aus Metall, der ganz allein fahren kann, ohne von Pferden oder Ochsen gezogen zu werden." Rosalie stand auf und wandte sich der Hausarbeit zu.

Anna eilte hinaus, um Maxi, Moritz und Matteo aus dem Stall zu lassen. Rosalie prüfte die Oliven an den Zweigen. „Ich denke, in sechs Wochen können wir ernten. Aus den grünen Oliven gewinnen wir zwar weniger, aber besseres Öl, das lange haltbar ist. Ein paar Oliven lassen wir zum Einlegen ausreifen."

Bernhard nahm Rosalie in den Arm. „Alles, was du willst, mein Schatz. Habe ich dir eigentlich schon gesagt, wie sehr ich dich liebe?"

„Gesagt und, mit allem was du tust, gezeigt", bejahte Rosalie die Frage. „Nimmst du mich mit, wenn du die Weidenruten schneidest?"

„Was für eine Frage?!" Bernhard hob sie hoch und schwenkte sie im Kreis.

Anna, die gerade frisches Wasser für die Tiere holte, schmunzelte vergnügt. Rosalie und Bernhard waren einfach füreinander geschaffen.

„Wir gehen zu den Weidenbäumen!", rief Rosalie hinüber. „Willst du mitkommen?"

„Bin schon unterwegs", jubelte Anna, flink über die Wiese rennend.

Paul folgte ihnen mit lautem Gekrächze. Er hätte ja etwas verpassen können. Matteo trottete ebenfalls hinterher. Als sie es merkten, waren sie schon ziemlich weit von der Mühle weg.

Bernhard zuckte mit den Schultern. „Wenn er schon mal da ist, dann kann er auch die Ruten tragen."

Aber zuerst mussten sie die Bäume finden, die der Schmied viel näher in Erinnerung hatte.

„Ach, da sind sie ja!" Rosalie beschattete die Augen mit der Hand. „Und sogar wirklich auf unserem Ufer." Sie machte sich wenig Sorgen, wegen der Zeit des Schneidens. Im Mittelalter interessierte es keinen, ob Vögel ihre Nester in den Zweigen gebaut hatten.

Aber Bernhard achtete darauf. Er wusste, dass Rosalie sehr ungehalten werden konnte, wenn man Tieren Böses tat. Die Frauen sammelten die geschnittenen Ruten ein. Bernhard umwickelte die Pakete mit jeweils zwei besonders dünnen Zweigen, die er wiederum so miteinander verband, dass man dem Esel bequem über den Rücken hängen konnte.

Matteo ließ die Ohren hängen, als wolle er sagen: Geschieht mir recht, warum bin ich ohne Aufforderung hinterhergelaufen. Anna streichelte ihn tröstend, worauf das Eselchen die Ohren langsam wieder aufstellte und ganz brav nach Hause trabte.

Sie luden direkt vor der Bank die Ruten ab und Matteo beeilte sich, zwischen die Olivenbäume zu verschwinden. Da standen nun alle drei um die Weidenzweige und überlegten, wie man wohl beginnen solle. Rosalie holte schließlich einen Korb, um auszuzählen, wie viele Ruten man für die Streben brauchte, um die man schließlich flocht.

Bernhard und Anna halfen beim Halten, weil die erste Rute wegen der starken Krümmung im Zentrum des Bodens Rosalie immer wieder wegflutschte. Dann ging es etwas leichter und Rosalie legte Tempo vor. Der Korb wuchs, eng geflochten, in die Höhe.

„Schluss für heute", legte Rosalie nach 30 Zentimern fest. Sie hielt den beiden ihre zerstochenen Hände hin. Die Enden der Ruten hatten es wirklich in sich.

„Oh weh", seufzte Anna.

Bernhard schaute finster. So hatte er sich das nicht gedacht.

„Keine Sorge, ich mache Aloe drauf und morgen sieht die Welt gleich besser aus."

„Das stachelige Zeug kann Wunden heilen?", staunte Anna.

„Hmm, hmm, kann es. Ich zeige dir, wie es geht." Rosalie riss das Blatt einer großen Aloe am Hang hinter der Mühle ab, schnitt es längs auf und ließ den gelben Saft ablaufen. Dan rieb sie beide Hände mit dem grünlichen Gallert ein, der es noch gefüllt hatte.

„Es riecht gut und es hilft auch bei Sonnen- und anderen Brandwunden."

Bernhard horchte auf. „Wirklich?"

„Ich schwöre!"

„Zeig her!" Er strich sich ein wenig auf den Handrücken. „Oh es kühlt sogar! Ein Wundermittel!"

„Sag ich doch", lachte Rosalie.

„Und was ist das da drüben?", wollte Bernhard wissen.

„Eine Agave. Die vollbringt nur das Wunder, nach etwa elf Jahren einen irrsinnig hohen Blütenstiel zu treiben. Höher als unsere knorrigen Olivenbäume."

„Ja, das ist wahr", nickte Anna. „Das habe ich schon oft gesehen."

In den nächsten beiden Tagen beschäftigten sich alle mit den Weidenruten und fertigten gemeinsam drei wirklich gut aussehende Körbe. Bernhards Kraft brachte einiges zuwege, was die Frauen nicht einmal gemeinsam geschafft hätten. Abends saßen alle draußen auf der Bank und beobachteten Pauli und Pauline bei der Jagd. Inzwischen hatte Anna auch keine Angst mehr vor den beiden, wenn sie etwas vom Speicher holen sollte.

Am späten Nachmittag, Rosalie und Bernhard flochten noch einen Korb fertig, Anna brachte die Tiere in den Stall, erklang der Hufschlag eines Pferdes vor der Brücke. Im nächsten Augenblick bog jemand um die Hausecke, bei dessen Anblick Rosalie und Bernhard alles aus den Händen fallen ließen, um ihn herzlich willkommen zu heißen.

Anna kam mit Paul auf der Schulter aus dem Stall zurück und sprach unterwegs mit ihm: „Wenn du keine Dummheiten machst, bekommst du ein Bröckchen von meinem Abendbrot."

Luciano stutzte.

Da trat Anna um die Hausecke und wurde bei seinem Anblick fast ohnmächtig. „Luciano?", wisperte sie ungläubig.

„Anna? Wie kommst du denn hierher?" Er hatte sie gerade noch auffangen können.

Rosalie und Bernhard hatten seine Frage nicht verstanden, schauten erst sich, dann die beiden an. Rosalie drückte die beiden auf die Bank und setzte sich mit Bernhard auf die umgedrehten fertigen Körbe davor.

„Ihr kennt euch?", staunte Rosalie.

„Ja. Moment, ich werde gleich alles übersetzen." Anna schob sich fahrig die Haare aus dem Gesicht.

„Ja, ich kenne Luciano, seit wir kleine Kinder waren." Natürlich folgte der gleiche Satz auf Italienisch, zudem Luciano heftig nickte.

„Wie kommst du hierher?", wiederholte er seine Frage.

Anna begann zu erzählen, wobei sie jede kurze Passage in die andere Sprache übertrug. Als sie erzählte, wie Rosalie zu ihrer Retterin geworden war, fasste Luciano nach Rosalies Arm.

„Das werden wir euch niemals vergessen, solange wir leben. Das schwöre ich!"

„Seitdem bin ich hier und fühle mich sehr wohl", beendete Anna ihre Geschichte, nachdem sie berichtet hatte, wie Rosalie sie auf den Karren geschickt hatte, und selber nebenher gelaufen war. „Die beiden sind für mich wie Mutter und Vater", verriet sie noch mit einem strahlenden Lächeln. „Ach ja, ich habe ihnen nicht verraten, wer meine Eltern sind. Ich habe nicht geahnt, jemals wieder jemanden aus der Familie zu finden. Da hielt ich das für besser."

Luciano schüttelte den Kopf. „Dieses Mädchen! Sie ist eine Spinola, wie ich. Sogar noch etwas näher als ich zu unserem siegreichen Kriegsherrn Corrado verwandt."

„Du hast es die ganze Zeit geahnt!", rief Bernhard triumphierend Rosalie zu.

Anna bekam große Augen. Dann strahlte sie über das ganze Gesicht. „Bei Rosalie sollte mich eigentlich gar nichts mehr wundern."

„Deine glückliche Rückkehr muss gefeiert werden!", rief Rosalie. „Forelle oder Pizza?"

„Pizza!", antworteten alle drei im Chor und Rosalie eilte in die Küche, wohin ihr Anna, Luciano, Bernhard und Paul folgten, um sich weiter über alles unterhalten zu können.

Anna fasste überall mit zu, womit sie Luciano angenehm überraschte. Denn er konnte ihr die Freude an der Arbeit deutlich ansehen.

„Willst du denn deinen Mantel nicht ablegen", wunderte sich Rosalie schließlich, weil er trotz der Wärme, die noch immer herrschte, den Umhang trug.

„Ich tu es ungern", murmelte Luciano, zog den Stoff beiseite und enthüllte einen dicken Verband, der den ganzen linken Arm bedeckte, den er in einer Schlinge trug.

„Oh nein, du bist verwundet!" Rosalie rang die Hände.

„Ein Dolchstoß beim Entern eines Schiffes", erzählte Luciano. „Rosalie, du hattest recht. Wir haben einen grandiosen Sieg gefeiert und unzählige Gegner gefangen genommen. Diesmal hat das Glück die Pisaner an ihrem ewigen Glückstag völlig verlassen, und sich uns zugewandt. Man soll eben nie zu früh über Gegner lachen, die auf den ersten Blick schwächer erscheinen.

Die Finte von Benedetto Zaccaria, mit seinem Geschwader hinter den Felsen zu lauern, war der Todesstoß für die Pisaner."

„Genau so hat es uns Rosalie vor ein paar Tagen erzählt!", rief Anna.

„Was noch?", fragte Luciano erstaunt und erfuhr, dass es noch 13 Jahre dauern sollte, ehe wirklich wieder Frieden mit Pisa herrschen werde.

„Essen ist fertig", gab Rosalie bekannt und schob die Riesenpizza mitten auf den Tisch.

Anna übernahm es ganz selbstverständlich, für Luciano handliche Stücke zu schneiden.

„Ich habe es zwar nicht in den Geschichtsbüchern gelesen, aber ich denke, Anna wäre die richtige Frau für dich", schmunzelte Rosalie.

„Wirklich?", fragte das junge Mädchen erfreut.

Luciano schaute Rosalie überrascht an. „So abwegig ist das gar nicht. Da würden sogar die Familien mit Freuden zustimmen. Mit den Erfahrungen, die sie in den letzten Monaten gesammelt hat, ist sie durchaus in der Lage sich selbst zu versorgen, wenn ich aus einem der Kriege nicht zurückkehre."

„Und sie ist sehr hübsch, die ideale Frau für einen großen Krieger", warf Bernhard ein, der wusste, dass die gut aussehenden Witwen, gefallener Helden, recht schnell einen neuen Ernährer fanden.

„Ja, das ist sie", gab Luciano gern zu.

„Vor vier Jahren hast du mich aber angesehen, als solltest du einen Frosch küssen", beschwerte sich Anna.

„Da warst du auch noch einer", gab Luciano im Brustton der Überzeugung zurück, worauf alle vier in schallendes Gelächter ausbrachen.

Anna nahm es ihm wirklich nicht übel. Rosalie warf so oft mit Sprüchen um sich, dass sie recht gut in Übung war, nicht alles todernst zu betrachten.

Als der Mond schon lange am Himmel stand, wandte sich Luciano zum Gehen. „Möchtest du mit auf die Burg kommen oder hier bleiben, bis ich deine Eltern gefunden habe?", fragte er Anna.

„Ich möchte lieber hier bleiben", antwortete sie nach kurzem Zögern. „Hier fühle ich mich zu Hause. In der Burg kenne ich keinen und würde mich sehr einsam fühlen. Und bald beginnt die Ernte. Ich kann Rosalie und Bernhard jetzt keinesfalls im Stich lassen. Zudem brauchen sie mich zum Übersetzen."

„Eine weise Entscheidung", gab Luciano zu. „Aber wir werden für alles eine Lösung finden. In ein paar Tagen bin ich wieder da und bringe hoffentlich für alle gute Kunde mit."

Die Dankbarkeit der Spinola

„Eins kann ich euch sagen", erklärte Bernhard mit erhobener Stimme, „in Martinos Haut möchte ich jetzt nicht stecken."

Rosalie überlief ein Frösteln. „Ich glaube auch nicht, dass es, nach den Gräueltaten einer epochalen Schlacht, kurz und schmerzarm sein wird."

Anna biss sich auf die Unterlippe. „Ich bin sicher, die Strafe trifft keinen Falschen. Nur ... was wird dann aus seinen Tieren?"

Rosalie legte ihr den Arm um die Schulter. „Ich finde es prima, dass du an die unschuldigen Wesen denkst. Vielleicht nimmt Luciano sie als Beute mit auf die Burg? Vielleicht werden sie aber auch geschlachtet. Wer weiß?"

„Da ist doch gar kein Fleisch dran", murmelte Anna mehr für sich, was Bernhard wohl oder übel bestätigen musste. Die beiden von Martino gekauften Ziegen waren auch erst nach mehreren Tagen mit gutem Gras so weit, dass man sie überhaupt als Ziegen bezeichnen konnte. Vorher waren es nur dürre Klappergestelle, denen der Wind fast durch die Rippen blies.

Anna lag noch die halbe Nacht wach, um an Luciano zu denken, den stattlichen und gütigen

Ritter aus der Gefolgschaft des Admirals, der so plötzlich in der Mühle erschienen war. Sicher wusste Luciano ganz genau, was es mit den Bewohnern auf sich hatte und welche Geheimnisse sie hüteten.

„Und ich weiß, was sich die beiden am meisten wünschen", gähnte sie, ehe sie in einen wundervollen Traum sank.

Der nächste Morgen begann mit einem Gewitter, das Rosalie und Bernhard einander in die Arme trieb, um sich krampfhaft aneinander festzuhalten. Paul steckte angstvoll krächzend zwischen ihnen. Auch darin musste ein großes Geheimnis liegen, wie Anna vermutete. Zum ersten Mal bereitete sie ganz allein das Frühstück vor, um den beiden eine Freude zu bereiten, wenn sich das Donnergrollen endlich verzogen hätte.

Als die Luft buchstäblich wieder rein war, ließen die beiden schreckensbleich voneinander ab und berichteten detailliert, wie sich alle hier kennen- und schätzengelernt hatten. Nun konnte sich Anna auch ein Bild davon machen, weshalb Rosalie so energisch gegen Martino vorgegangen war. Paul hüpfte aufgeregt über den Tisch und schnäbelte mal mit Rosalie und mal mit Bernhard. Natürlich fielen die Bröcken, welche er heute bekam, etwas reichhaltiger aus.

Matteo galoppierte über die nasse Wiese, wälzte sich und rief, weithin schallend, fröhlich: „Ihhh ahhh!" Bernhard hatte in den letzten Tagen noch ein paar Pfähle in den Boden geschlagen, und nun setzten sie zu dritt das Ziegengatter um.

„Die kann man hier wirklich nicht frei laufen lassen", erklärte Rosalie. „Die fressen alles kurz und klein und dann wächst nie wieder was. Nicht nur in meiner Zeit war es an einigen Orten deshalb verboten, Ziegen zu halten."

„Wieder was gelernt", freute sich Anna.

Rosalie wollte gerade noch etwas über die Tiere erzählen, als ein völlig untypisches Geräusch auf dem Weg von Isolabona her zu hören war. Sogar Paul kam heran, um zu lauschen.

„Das klingt, als triebe jemand eine ganze Herde vor sich her!", rief Bernhard, der direkt am Wasser stand und einen langen Hals machte, um herauszufinden, was da los war. „Es ist eine ganze Herde!", gab er Augenblicke später bekannt.

Zwei Männer aus dem Dorf trieben vier abgemagerte Ziegen über die Brücke zur Mühle, während sie drei zerzauste Hennen und einen fast federlosen Hahn in Käfigen mit sich trugen. „Guten Morgen! Luciano Spinola schickt uns. Ihr habt sicher Verwendung für die Tiere, hat er gesagt."

„Ach herrje!", rief Rosalie. „Die sehen doch aus, als kämen sie geradenwegs von Martino!"

„Richtig! Genau da haben wir sie abgeholt. In der Haut von Martino möchte ich jedenfalls nicht stecken", erklärte einer.

„Ha! Das habe ich gestern Abend auch gesagt!", triumphierte Bernhard, während er Seile holte, um die Neuen anzupflocken. Er wollte sie erst genau untersuchen, ehe er sie zu den anderen ließe.

Auch die Hühner mussten vorerst in den engen Käfigen bleiben. Die wollte sich Rosalie sehr genau anschauen. Anna war schon in der Küche, brühte Tee auf und schnitt Brot, um die Männer zu bewirten.

Bernhard holte ein paar große Körbe heran – den einen als Tisch und die anderen als Hocker. Paul saß auf dem Gatter und beobachtete argwöhnisch die fremden Tiere. Er war so beschäftigt, dass er nicht einmal um Futter betteln kam.

Nun kam auch die Sprache darauf, dass schon in der Nacht zwei Reiter aus der Burg in Isolabona gewesen waren, um Martino *hart anzupacken,* wie sie es vorsichtig umschrieben, ehe sie ihn quer über ein Pferd warfen und mitnahmen. Sein Wehgeschrei habe man bis in den letzten Winkel des Ortes gehört. Außer den Tieren sei nichts zu holen gewesen und das Haus heute Morgen niedergerissen worden.

Rosalie schüttelte sich. „Er hat sein Ende selbst bestimmt."

Nicken von allen in der Runde.

Nachdem die Männer bei Rosalie noch Tee und Kräuterbündel für die Küche erstanden hatten, wanderten sie zurück ins Dorf.

Bernhard schaute sich die Ziegen an. Wunden, Geschwüre, Ungeziefer. „Das wird ein Haufen Arbeit", murmelte er. „Nur gut, dass wir sie weit weg von den anderen stehen haben."

Matteo beäugte die fremden Tiere und trottete dann zu den Olivenbäumen. „Esel sind Herdentiere, die, allein gehalten, todunglücklich sind", erklärte Rosalie. „Das wissen nur die meisten Leute nicht. Nicht mal in meiner Zeit."

Das Theater, als Rosalie die Ziegen am Fluss waschen und behandeln wollte, war unbeschreiblich. Bernhard musste ihnen sogar die Beine zusammenbinden, damit sich Rosalie nicht noch verletzte. Er ließ sie auch so lange gefesselt stehen, bis alle Wunden mit Aloe betupft waren.

Die Hühner saßen noch immer in ihren Käfigen. Anna hatte ihnen nur Näpfe mit Wasser hineingestellt, damit sie nicht verdursteten, bevor ihnen wirklich geholfen werden konnte.

„Wir brauchen einen Stall für sie", murmelte Rosalie nachdenklich.

„Nicht nur für sie", seufzte Bernhard. „Sie bekommen die Box des Esels, der Esel jene der Ziegen und für die Ziegen müssen wir anbauen."

Bernhard seufzte. Die Schmiede war wieder ein Stück weiter in die Ferne gerückt. Rosalie schaute ihn betrübt an, weil sie in seinem Gesicht die Gedanken wie in einem offenen Buch gelesen hatte.

„Ist schon gut", sagte er, das erste Huhn aus einem Käfig ziehend. „Ähhh, das ist allerdings nicht gut!"

„Ans Wasser mit ihnen!", forderte Rosalie. „Hier hilft auch nur die Holzhammermethode, die sind ja völlig verklebt."

Wovon oder womit sollte sie Augenblicke später herausfinden. „Eiter! Igitt!"

Auch diese Tiere hatten nur im nassen Dreck gelebt und irgendwann heilte die aufgeweichte Haut gar nicht mehr.

„Ich brauche einen großen Eimer Kamillentee!", bat Rosalie Anna, die davon huschte, um das Gewünschte zu bereiten.

Die Hühner hatten sich wohl schon aufgegeben, denn sie gaben weder einen Ton von sich, als sie am

Fluss gesäubert wurden, noch als sie minutenlang in den warmen Kamillensud gehalten wurden, und nur noch der Kopf heraus schaute. Die Schwungfedern waren schon vom Vorbesitzer abgeschnitten worden und so setzte Rosalie die fertig gehandelten Kandidaten vor einen Napf mit Körnern, denen sie eifrig zusprachen.

„Ob der Hahn überlebt, ist fraglich", sagte sie traurig. „Den holt sich bestimmt irgendein Greifvogel. Es sei denn, wir bauen ein Gehege mit ein paar dünnen Stangen als Deckel."

„Anna passt auf die Hühne auf und wir beeilen uns, Holz zu holen", rief Bernhard, nach der Axt greifend. Eine halbe Stunde später trugen sie mehrere dünne Stämme in den Hof, aus denen Bernhard im Handumdrehen ein Gatter baute, das einen Unterstand in einer Ecke hatte und von oben mit einem Gitter aus Holz belegt war, welches er einfach mit Stricken zusammenband.

„Klasse!", rief Rosalie. Anna klatschte in die Hände. Da kam man nur hinein, wenn man sich ganz dünn machte und sich ganz langsam an den Querstreben kopfüber baumeln ließ, wie es Paul soeben ausprobierte.

„Hauptsache, du legst ab morgen Eier", witzelte Rosalie, worauf Paul beleidigt „krahhh" machte und dann missmutig vor sich hin grummelte, weil er Mühe hatte, aus dem Verschlag wieder heraus zu kommen.

„Tetris", murmelte Rosalie am Abend, als sie die Tiere in den Stall brachten. Matteo behielt seine Box, die Ziegen mussten sich irgendwie miteinander arrangieren und zuletzt wurden die Hühner in den Gang gelockt, wo sie sicher die Nacht verbringen konnten. Bernhard schüttete ihnen ein wenig Heu auf, damit sie es gemütlich hatten.

Nur hatten sie die Rechnung ohne die Marder gemacht, die ihre wiederum ohne Paul, der aus lauter Neugier im Stall geschlafen hatte. Gegen Morgen ging ein Spektakel los, der alle aus den Betten trieb. Rosalie zündete eilig ein Öllämpchen an, um überhaupt etwas sehen zu können.

Es war inzwischen wieder etwas ruhiger geworden. Bernhard riss die Stalltür auf, hinter der Paul auf einem toten Marder thronte, den er selbst erlegt hatte. Ein gezielter Schnabelhieb in ein Auge war glatt bis ins Gehirn vorgedrungen.

„Wow!", entfuhr es Rosalie.

Bernhard dachte praktisch. Er streckte die Hand nach dem Kadaver aus. „Du bekommst ihn gleich wieder", versprach er Paul, ihn ganz genau beobachtend, um nicht auch einen Hieb zu kassieren.

Paul krächzte wütend, unternahm aber nichts, weil Bernhard den Marder nicht von der Stelle bewegte. Er zog seinen Dolch und damit dem Tier das Fell ab. „Das isst du doch sowieso nicht", erklärte er. „Nun kannst du ihn dir schmecken lassen!"

Das musste er Paul nicht zweimal sagen, denn der hackte sofort munter drauf los. Dass sich die Hühner halb tot vor Angst in die hinterste Ecke drückten, interessierte den Raben nicht.

„Unglaublich", hauchte Anna. „Jetzt kann ich verstehen, warum viele Leute Angst vor den großen Vögeln haben. Dann ist es wohl auch wahr, dass sie die Leichen Gehenkter in wenigen Stunden zerhacken."

„Ja, es ist wahr", gab Rosalie zu. „Das ist der Hauptgrund, warum Raben und Krähen gefürchtet werden. Zudem können sie ziemlich rabiat werden, wenn man sich ihren Nestern und Jungen nähert. Dabei sind es hochintelligente Vögel."

„Ja, das sehe ich an Paul. Es ist kaum fassbar, was er alles kann und wie er mit uns spricht. Er macht ja sogar das Meckern der Ziegen und das Schreien des Esels nach." Anna warf noch einen scheuen Blick auf Paul, der sich gerade über die Innereien des Marders hermachte.

Der kurze Rest der Nacht verlief friedlich. Bernhard grübelte, wo man am besten Steine für den Bau des neuen Stalles herbekommen könne.

„Wir müssen Luciano fragen", sagte Rosalie. „Es bringt nichts, wenn wir Ärger bekommen und zum Kaufen fehlt uns das Geld."

Anna seufzte. „Geld, Geld, Geld ... ohne das ist man wirklich nichts wert. Das habe ich ja am eigenen Leib erfahren. Geld bringt die Mühle aber erst, wenn die Ernte eingebracht ist. Und mit Kräutern allein könnt ihr nicht überleben, zumal ihr mich noch mit durchfüttert."

Rosalie nahm Annas Hände. „Das ist nicht ganz exakt. Du arbeitest für dein Auskommen."

Anna blinzelte. „Dann werde ich mal ganz schnell die Tier aus dem Stall lassen."

„Sei vorsichtig. Der Marder könnte ziemlich hässlich aussehen", mahnte Bernhard.

Anna winkte ab. „Wenigstens kann er mich nicht beißen."

Sekunden später ertönte ein Schrei. Rosalie und Bernhard stürzten in den Stall.

„Oh, Verzeihung", stammelte Anna. „Ich habe ein Ei im Heu gefunden und der Jubelschrei kam von ganz allein."

Rosalie begann zu lachen. „Das ist ja auch ein echter Grund zur Freude. Ich habe es den dürren Hennen gar nicht zugetraut."

„Da! Noch eins!" Anna war total aus dem Häuschen.

Bernhard ließ schmunzelnd den Esel nach draußen und wartete dann, dass sich die Hühnereuphorie etwas legte, um die Ziegen aus dem Stall führen zu können.

Am nächsten Tag fanden sie sogar drei Eier. Die Hühner durften nun, unter Annas Aufsicht, auch am Ufer nach Würmern scharren. Nach ein paar Tagen ausgewogener Kost wurden nicht nur die Eier größer, auch die Hennen setzten endlich Fleisch an. Nur der Hahn sah weiterhin erbarmungswürdig aus. Nach zwei Wochen bemerkten sie aber die ersten Federkiele, die überall aus der Haut drangen und auch das reiche Futter am Ufer zeigte bei ihm Wirkung, indem er nicht mehr so klapperdürr aussah. Eines Morgens begann er endlich zu krähen.

„Ahhhh, jetzt kann man ihn auch wirklich einen Hahn nennen!", rief Rosalie erfreut.

Und schon war Paul wieder in seinem Element. Er imitierte den Hahnenschrei und der Hahn antwortete seinen *Konkurrenten* mit schmetterndem „Kikeriki". Anna kam kaum noch aus dem Lachen heraus. Die beiden Vögel waren aber auch zu komisch.

Zwei Tage vor dem Termin, den Rosalie für die Ernte ansetzte, beschlossen sie, nach Isolabona zu fahren, einzukaufen und nach Erntehelfern Ausschau zu halten. Doch dazu sollte es nicht kommen. Bevor sie Matteo vor den Karren spannen konnten, rumpelten drei voll beladene Pferdewagen den Weg herauf, denen Luciano mit einem Eselreiter neben sich voran trabte. An der Brücke hielten die Wagen und Luciano gab Befehle aus. Dann winkte er dem Mann zu, mitsamt dem Esel die Brücke zu passieren.

„Guten Morgen!", rief er. „Esel und Mann gehören euch. Er ist einer der gefangenen Pisaner, der hervorragend übersetzen kann. Steine und Bauarbeiter sind auf Befehl von Giacomo Spinola, Annas Vater, hier. Sie werden eine Brücke aus Stein bauen, die auch große Wagen passieren können."

„Du hast meinen Vater getroffen? Wie geht es ihm?", rief Anna.

„Recht gut", erwiderte Luciano. „Er ist noch in Sorge, weil er für deine Mutter ein großes Lösegeld an die Piraten aus San Remo bezahlen muss. Leider haben wir keine andere Wahl, weil sie ihr sonst die Kehle durchschneiden."

Rosalie zeigte stumm mit der Hand auf die Wagen.

Luciano lächelte flüchtig. „Das sind Kleinigkeiten."

Bernhard kratzte sich erstaunt am Bart. „Kleinigkeiten."

Anna zog Luciano zu sich herunter und begann, rasend schnell italienisch auf ihn einzureden. Rosalie verstand nicht einmal den Bruchteil eines Wortes. Nur, dass Luciano mehrmals nickte und „si" sagte. Anna rieb sich erfreut die Hände, erklärte aber auch nicht, worüber sie mit ihm gesprochen hatte. Es musste wohl etwas sehr Persönliches gewesen sein.

„Heute nehme ich Anna mit", erklärte Luciano lächelnd. „Ihr Vater wartet schon sehr darauf, sie endlich wieder in die Arme schließen zu können. Und ich, sie heiraten zu dürfen. Auch wird ihre Mutter Hilfe brauchen, wenn sie endlich befreit ist."

Es wurde ein sehr tränenreicher Abschied. Selbst Bernhard wischte sich verräterisch die Augenwinkel. Paul schmuste und schnäbelte mit Anna, die er sehr liebgewonnen hatte. Sie schnürte ihr Bündel, dann hob Luciano sie vor sich auf das Pferd.

Der neue Knecht stand neben dem Esel an der Hausecke und wartete mit gesenktem Kopf. Er hatte die *Gastfreundschaft* der genuesischen Kerker erlebt und war auf das Allerschlimmste gefasst. Vor allem, wenn er den Müller betrachtete, dessen Muskeln ganz danach aussahen, als könne er einen Pfahl ungespitzt in den Boden rammen.

„So, nun zu dir", wandte sich Rosalie an den Neuen. „Wie heißt du?"

„Ich bin Antonio."

„Gut, ich bin Rosalie und mein Mann heißt Bernhard. Sei nicht böse, wenn wir dich vielleicht manchmal Toni nennen werden."

Antonio glaubte, sich verhört zu haben. Er und böse sein, wenn man ihn mit seinem Spitznamen ansprach?!

„Komm, ich zeige dir, wo du schlafen wirst." Rosalie ging voran, während Bernhard die Esel miteinander bekannt machte und immer wieder kopfschüttelnd zum anderen Ufer spähte, wo bergeweise Baumaterial abgeladen wurde.

Als der Baumeister herüber kam und breit grinsend an den Häusern Maß nahm, begann er zu ahnen, was Anna Luciano ins Ohr geflüstert hatte.

Antonio trat inzwischen seinen Dienst an, dessen erste Amtshandlung darin bestand, das Heu zu wenden. Später sollte er den Tieren Wasser bringen, den Ziegenmist zusammenkehren und auf den Komposthaufen bringen.

„Und was mache ich?", hatte Bernhard mit einem Blinzeln gefragt.

„Eine gute Figur." Rosalie zog ihn lachend an der Hand zu den Ziegen. „Du musst die wilden Bestien zähmen, damit ich ihnen Salbe auftragen kann."

Paul saß auf dem Dach und staunte Bauklötze. So viel Trubel hatte er noch gar nicht hier gesehen. Er ließ sogar alle in Ruhe arbeiten, weil er gar nicht wusste, wohin er zuerst blicken sollte. Seit die vielen Tiere auf dem Hof lebten, war es ihm auch gar nicht mehr langweilig geworden. Überall konnte er seinen Schnabel dazwischen stecken und Schabernack treiben.

Als die Bauarbeiter Mittagspause hielten, brachte auch Rosalie Essen auf den Tisch. Es gab ein Omelett mit Schinken und Kräutern, zu einer dicken Scheibe Brot. Antonio beeilte sich, dem Ruf Bernhards zu folgen, weil er glaubte, übersetzten zu müssen. Völlig verdattert nahm er den Platz ein, den ihm sein Dienstherr zuwies.

In den letzten Wochen hatte es dünne Wassersuppe gegeben und hartes Brot. Gerade so viel, dass man nicht vor Hunger starb. Rosalie fackelte nicht lange, sie füllte seinen Teller und wünschte guten Appetit. Antonio bedankte sich erfreut und machte sich glücklich lächelnd über das Essen her.

„Du hast sicher auch schon bessere Tage gesehen", stellte Rosalie fest.

Antonio nickte. „Aber heute ist ein sehr guter Tag."

Paul kam zum Fenster herein, inspizierte die leere Pfanne und mauzte leise vor sich hin, wie eine Katze. Rosalie reichte ihm schließlich eine halbe Scheibe Brot. Antonio hatte den Vogel auf dem Dachfirst sitzen sehen, sich gewundert, was er dort trieb und bekam nun die Auskunft: „Paul ist hier der Oberaufseher. Es gibt wohl nichts, was ihm entgeht. Letztens hat er sogar einen Marder zerhackt, um die Hühner zu retten."

Bei dem Schnabel konnte sich das Antonio lebhaft vorstellen. Paul hatte sein Brot hinaus getragen und sich so hingesetzt, dass es die Ziegen sehen, riechen, aber nicht erreichen konnten. Das Gemecker war zum Steinerweichen. Antonio musste grinsen. Der schwarze Kerl gefiel ihm. Der wäre glatt als Kerkermeister der Genueser durchgegangen.

„Was hast du bisher gemacht?", wollte Rosalie wissen.

„Ich habe als Unteroffizier auf einem Schiff gedient", antwortete Antonio. „Dann wurde es geentert und ich bin in einem finsteren Verlies gelandet. Ich hab mir sehr gewünscht, man hätte das Schiff versenkt. Aber nun ..." Er lächelte kaum merklich.

„Ich denke, das hier ist die bessere Alternative zu Tod und Kerker", sagte Rosalie. „Während der Erntetage und der Ölbereitung werden wir manchmal bis in die Nacht arbeiten müssen. Aber das geht ja nicht das ganze Jahr so."

Antonio war dankbar, dass ihm der junge Spinola die Chance, zu leben, gegeben und ihn überdies an freundliche Dienstherren übereignet hatte, denen ein Menschenleben noch etwas galt.

Auf den beiden Ufern der Nervia standen bereits die Markierungen für die Brückenpfeiler im Boden und die Männer gruben und hackten die Gruben für die Fundamente.

Bernhard nahm Antonio und Matteo mit zu den Weidenbäumen, um noch einmal Ruten zu schneiden, die man überall gebrauchen konnte. Der andere Esel trottete hinterher. Er war froh, Gesellschaft von Seinesgleichen zu haben. Schon unterwegs spähte Antonio ständig nach der Axt, deren Schliff selbst von Weitem gefährlich aussah. Als er Bernhard damit in Aktion erlebte, wuchs die Hochachtung gewaltig. Er konnte sich gut vorstellen, wie wohl der Dolch in der Scheide an Bernhards Gürtel aussehen musste. Dann hob der Wind auch noch den Bart des Müllers an und legte die Narbe am Hals frei. Antonio sah seine gedachte Frage, wie er wohl mit anderen Waffen umgehen könne, beantwortet. Er kannte sie sicher nicht nur vom Anschauen.

Als sie zurückkamen, schirrten die Bauleute gerade ihre Pferde an, um nach Isolabona oder Dolceacqua heimzukehren. Rosalie nahm die frischen Fladenbrote aus der Backröhre und rief zu Tisch. Mit Olivenöl und ein paar Streifen Schinken, ein Hochgenuss für Antonio.

„Fledermäuse!", rief er erstaunt, als Pauli und Pauline am Fenster zwischenlandeten.

„Die gehören uns. Also erschrick nicht, wenn sie in irgendeinem Raum herumhängen. Meist schlafen sie am Dachbalken in einer Ecke des Werkzeugschuppens. Die Große heißt Pauline und der Kleine Pauli."

Oliven, Oliven, Oliven

Am nächsten Morgen kamen nicht nur die Brückenarbeiter. Es stiegen auch zwei Erntehelfer von den Wagen. Antonio übernahm perfekt die Kommunikation.

Mit Körben und Stangen zogen sie zu den Bäumen, um die begehrten grünen Oliven zu pflücken. Bernhard leitete inzwischen Wasser vom Fluss in die Bottiche, in denen die Früchte von ihren Bitterstoffen befreit werden sollten. Er kam gerade zurück, als der erste Korb randvoll war. So hob er ihn auf die Schulter, trug ihn zur Mühle und kippte den gesamten Inhalt direkt in den Bottich, welcher am weitesten hinten stand.

Bei jedem neuen Korb prüfte er den Füllstand des Bottichs, legte schließlich ein rundes Holzbrett hinein, das er mit Steinen beschwerte, um die Oliven unter Wasser zu halten.

Die nächsten beiden Körbe trug Antonio zu den Bottichen. Mit schnellem Blick erfasste er, worauf es ankam, kehrte zurück und pflückte wieder Oliven. Dann trug Rosalie mit dem halbwüchsigen Jungen, der auch im Vorjahr mitgeholfen hatte, eine Ladung Oliven zu den Bottichen, um gleich darauf für ein Mittagessen zu sorgen. Sie kochte aus zwei Forellen,

Gemüse und Kräutern eine schmackhafte Fischsuppe, zu der es Fladenbrot zum Auftunken gab. Kaum saßen alle mit ihren Schüsseln auf der Wiese, stellte sich auch Paul ein.

„Komm her", flüsterte Antonio, dem Raben ein Stückchen Brot anbietend.

Ganz vorsichtig schritt Paul näher, schaute Antonio prüfen an und zupfte ihm das Stück aus der Hand, ohne ihn aus den Augen zu lassen. Ein wenig abseits setzt er sich nieder, krächzte erfreut und ließ es sich schmecken.

„Das war die Feuertaufe", erklärte Rosalie. „Nun gehörst du für Paul fest zur Mühle."

„Ein wirklich erstaunlicher Vogel", sagte Antonio.

Bernhard bestätigte das. „Er sucht sich sehr genau heraus, wem er vertraut, und wem nicht."

Bis zum späten Nachmittag war über die Hälfte der Bottiche gefüllt. Rosalie zahlte die Helfer aus, die wieder mit den Pferdewagen abfuhren.

„Du sagst immer allen, ich sei euer Knecht", wandte sich Antonio schließlich zaghaft an Rosalie.

„Bist du doch auch. Hier gibt es weder Gefangene noch Sklaven. Das weiß Luciano Spinola so gut wie ich." Rosalie zuckte vergnügt mit den Schultern. „Solange du Teil dieses Hofes bist, wird auch keiner mit Fingern auf dich zeigen. Das würde ihnen nämlich nicht gut bekommen."

„Danke", murmelte Antonio erleichtert. „Ich hatte schon Sorge, dass für euch das Wort Knecht eine andere Bedeutung hat."

„Nein. Hat es nicht. Unser letzter Knecht, Gott hab ihn selig, ist ein sehr guter Freund der Familie geworden. Trotz seines hohen Alters hat er nie daran gedacht, uns zu verlassen. Er liegt auf dem Friedhof von Isolabona in einem Grab mit Steinkreuz." Rosalie zog die Nase hoch, bei diesen Erinnerungen.

„Du wirst mindestens 13 Jahre durchhalten müssen, um hier wegzukommen", flüsterte Rosalie. „Erst dann wird ein Friedensvertrag geschlossen."

„Woher weißt du das?", wisperte Antonio.

Diesmal legte Rosalie einen Finger vor die Lippen und Bernhard schlug vor: „Glaub es einfach. Du wirst sehen, dass es genau so in Erfüllung gehen wird."

Antonio hätte sich auch so in sein Schicksal gefügt, um leben zu können. Man hätte ihn nicht ungeschoren das Tal passieren lassen, wäre er geflohen. Vor allem sah er keinen Grund zu fliehen. Auf dem Hof galt er wie ein freier Mann, er bekam gutes Essen, hatte ein Dach über dem Kopf und wichtige Aufgaben, die er erfüllen durfte.

In den vier Wochen, in denen die Oliven gewässert werden mussten, arbeitete er mit Bernhard stundenweise auf der Brückenbaustelle, wo sie sich die richtige Technik im Umgang mit Steinen abschauten.

Als die Rede davon war, die Brückensteine würden mit Metallklammern zusammengehalten, wurde Bernhard besonders hellhörig. Er bat Antonio, genau zuzuhören und jedes noch so kleine Detail aufzuschreiben. Antonio kam gar nicht dazu, Fragen zu stellen, da hatte er Rosalies Tintenfass, nebst Feder und Papier vor der Nase stehen.

„Ich kann es zwar nicht lesen", kicherte Bernhard, „aber Rosalie." Er hielt es für angebracht, zu erklären, dass er bisher nur Bronze geschmiedet habe und nun die Bearbeitung von Eisen erlernen wolle.

„Alles klar!", rief Antonio. „Dann weiß ich auch genau, worauf es dir wirklich ankommt. Das Geheimnis des Eisenschmiedens kriegen wir schon irgendwie raus und der Rest ist Probieren."

„Prima!", rief Bernhard, ihm die Hand reichend.

Im Augenblick werkelten die Bauleute noch an den Fundamenten. Andere schlugen bereits Steine zurecht, die auf einer Seite eine Art breite Auflage bekamen.

„Da werden die Planken eingepasst", erzählte Antonio. „Die Brücke wird also aus zwei parallelen Steinbögen bestehen, die mit dicken Holzbohlen belegt werden, welche volle Pferdefuhrwerke tragen können." Er zeichnete das Prinzip mit einem Stock in die Erde.

„Ah, ich verstehe!", rief Rosalie. „Sie bauen also eine Lehre aus Holz, auf denen die Steine aufsortiert werden. Dann oder schon vorher werden Nuten mit Querenden eingemeißelt, die man am Ende mit flüssigem Eisen ausgießt, damit die Sache haltbarer wird."

„Genau so!", bestätigte Antonio, der immer wieder erstaunt war, was die junge Müllerin alles wusste.

„Also müssen sie das Eisen hier schmelzen und das ist der Punkt, wo ihr sehr genau zuschauen solltet. Verraten werden sie ja kaum, wie die Mischung sein muss."

„Eben!" Bernhard schlug sich mit der Faust in die offene Hand.

Antonio lachte. „Ich werde ein bisschen erstaunt herumgucken, einfältige Fragen stellen und über alles staunen. Vielleicht schlucken sie den Köder und erzählen es mir, weil ich es ja doch nicht begreifen würde." Er zog unter dem Gelächter der beiden ein

Gesicht, als könne er nicht einmal zwei und zwei zusammenzählen.

Ehe es so weit war, begann die heiße Phase des Öls und Bernhard konnte richtig zeigen, dass seine Muskeln nicht nur Schau waren. Das Wasser wurde aus den Bottichen gelassen und der Mühlstein drehte sich fast ohne Unterbrechung. Rosalie und Antonio schichteten immer abwechselnd eine Lage zermahlene Oliven zwischen zwei Matten, bis der Stapel schließlich so hoch war, dass Bernhard mit der Spindel die Presse zusammendrückte und duftendes Öl durch die Ablaufrinnen in die Steingutkrüge floss, deren Deckel Antonio mittels Seemannsknoten festband.

„Gelernt ist gelernt!", freute sich Rosalie. Die ausgepressten Reste von den Matten ließ sie im hinteren Teil des Lagers luftig stapeln, um sie weiterverarbeiten zu können. „Die sind noch zu vielem nütze", erklärte sie den erstaunten Männern.

Der Geschmackstest aus mehreren Öltöpfchen ließ auf den Gesichtern der drei die Sonne aufgehen. Das war Spitzenklasse. So schickte sie Antonio mit einem Fässchen und einem Begleitbrief nach Dolceacqua auf die Burg, in der Hoffnung mit dem Koch des Admirals Geschäfte zu machen.

Antonio schwang sich auf Nino, den Esel mit dem er hierher gekommen war. Rosalie steckte ihm reichlich Wegzehrung ein.

Bernhard gab ihm einen Dolch in einer Lederscheide. „Damit du dich verteidigen kannst. Komm heil und mit guten Nachrichten wieder", bat er.

„Nun heißt es abwarten", seufzte Rosalie. „Für dich auch!", sagte sie zu Matteo, der klagend nach Nino rief.

Sie begann, eine der Tresterplatten mit heißem Wasser zu übergießen, um für den Eigenbedarf ein wenig minderwertigeres Öl herauszulösen.

„Ahaaaaaa!", rief Bernhard. „Ich hätte es garantiert auf den Abfallberg geworfen."

Rosalie lachte, „Selbst der Rest hiervon ist noch verwendbar – als Futter für Esel und Ziegen."

Antonio passierte inzwischen Isolabona und nahm die fünf Kilometer nach Dolceacqua in Angriff. Vor ein paar Tagen war er als Gefangener der Genueser in die andere Richtung geritten. Nun kam er als Bote zu jenen, die ihn eingekerkert hatten. „Verrückte Welt", murmelte er grinsend. Da ritt er auch schon auf die Burg der Doria zu, in deren Kerkerzelle er seine erste Nacht im Nerviatal verbracht hatte.

Natürlich fiel sein Pisaner Dialekt auf und so zückte er den Brief seiner Herrin, um doch noch Einlass zu bekommen. Das Tor öffnete sich wenige Minuten später. Statt in die Küche brachte man ihn direkt in das Arbeitszimmer des Admirals. Antonio grüßte ehrerbietig und wartete auf Ansprache.

„So, so, du bist also der Bote unserer Müllerin", begann Oberto Doria das Gespräch. „Letztens hattest du einen weniger komfortablen Stand, wenn ich mich recht entsinne."

„Das ist richtig, mein Herr", erwiderte Antonio. „Ich hatte sehr viel Glück."

Oberto stand auf und betrachtete den jungen Mann von allen Seiten. „Bewaffnet?"

„Ja, Bernhard, der Müller, gab mir heute Morgen den Dolch, damit ich mich gegen wilde Tiere verteidigen kann."

Der Admiral lächelte breit. „Ich kenne die Qualität seiner Schliffe. Der hilft auch gegen zweibeinige Bestien."

„Wünscht Ihr, dass ich den Dolch ablege?"

„Lass ihn um. Rosalie würde dich eigenhändig erwürgen, setztest du ihn gegen mich ein. Zeig mir lieber das Öl."

Antonio zog das Fässchen aus dem Reisesack und reichte es geöffnet an den Admiral weiter. Der sog den Duft ein, steckte einen Finger hinein, rieb es sich auf die Handfläche, roch noch einmal daran und kostete. Dann ließ er nach dem Koch rufen, der einen Löffel und Brot mitbringen solle.

Der Koch eilte mit einer Schale, dem Löffel und Brot herbei, um sich selbst von der Qualität des Öls überzeugen zu können. Er kaute das Öl wie ein Weintester. „Woher ist das?", fragte er verwundert und überaus angetan.

„Aus unserer einsamen Mühle", verriet Oberto, immer wieder mit dem Brot in die Schale tunkend.

„Noch fünf solche Fässer möchte ich haben!", rief der Koch, auf das Gefäß auf dem Tisch zeigend. „Sechs! Sechs Fässer!"

Über den Preis waren sich die drei schnell einig und Antonio versprach, am nächsten Tag die bestellte Ware zu liefern. Er erhielt das Geld für das erste Fässchen und ritt eilends zur Mühle zurück.

„Wir dürfen liefern!", rief er noch auf der Brücke und Bernhard schwenkte Rosalie im Kreis.

Antonio erzählte haarklein, was sich ereignet hatte. Rosalie musste lachen, als er die Worte Obertos wiederholte, sie werde ihn eigenhändig erwürgen. „Ganz unrecht hat er damit nicht", gab sie zu.

Um die Lieferung verlustfrei an den Bestimmungsort zu bringen, wurden Matteo zwei

Körbe aufgeschnallt, die dick mit Heu gepolstert, die wertvolle Fracht schützen sollten. Nino diente wieder als Reittier. Antonio nahm Matteos Zügel lieber in die Hand, als diesen bei Nino festzuschnallen. Er führte zuerst Nino über die Brücke, dann Matteo und ritt schließlich mit fröhlichem Winken davon.

„Unsere erste große Lieferung", freute sich Rosalie. „Gutes Öl ist wirklich fast Gold wert."

„Ja, das habe ich gestern begriffen", gab Bernhard zu. „Es muss sich nur noch weit herumsprechen, wie gut unser Öl ist."

Dafür sorgte ein paar Tage später der alte Ölhändler des Admirals, der nur ein Fässchen verkaufen konnte und sich lauthals in der nächsten Wirtschaft darüber beschwerte. Der Wirt hatte von den Bauhelfen genug über die Mühle im Tal erfahren und schon selber den köstlichen Kräutertrank der hübschen Müllerin an seine begeisterten Gäste ausgeschenkt, sodass er eines Morgens persönlich davon ritt, um eines der begehrten Fässchen zu kaufen.

Er bekam die verlangte Kostprobe, was nur Müller taten, die genau wussten, was ihr Öl wert war. „Hach, ich nehme zwei Fässchen!", rief er schließlich, „ehe jemand kommt und mir alles vor der Nase wegkauft!" Mit Öl und Kräutern ritt er schließlich zufrieden davon.

Rosalie riss die Faust in die Höhe. „Ja, so kann das weitergehen!"

Auch die Bauleute nahmen schließlich kleinere Gefäße Öl mit nach Hause. Und die kein Geld hatten, bezahlten in Naturalien. Rosalie war da nicht wählerisch. So sparte sie sich den Einkauf.

Antonio kam über die Wiese gerannt: „Heute gießen sie die ersten Klammern!"

„Nichts wie hin!", trieb Rosalie die Männer scherzhaft an.

„Holzkohle, altes Metall und Eisenerz", flüsterte Bernhard zufrieden. „Genau wie es Rosalie prophezeit hat."

„Gibt es etwas, womit sie sich nicht auskennt?", fragte Antonio entgeistert.

„Kann ich mir nicht vorstellen", erwiderte Bernhard.

„Worum geht es?", fragte Bernhard leise Antonio, weil sich der Schmied mit seinem Helfer stritt.

„Um das Ding für die Luft, das Feuer wird nicht heiß genug", erklärte Antonio.

„Ach, du meinst den Blasebalg! Na warte, jetzt komme ich!"

Bernhard, der Schmied

„Geh rüber, so wird das nichts." Bernhard schob den Mann einfach beiseite, schnappte sich den Handblasebalg und ließ die Flammen hell auflodern.

„Molto bene! Molto bene! Fantastico!" (Sehr gut! Sehr gut! Fantastisch!), jubelte der Schmied.

Bernhard grinste Antonio an. „Das brauchst du nicht übersetzen. Soweit reicht es bei mir inzwischen."

Antonio schüttelte belustigt den Kopf.

„Ich schmiede eigentlich nur Bronze", gab Bernhard bekannt, „Aber so viel anders wird es ja bei Eisen nicht sein."

„Du bist auch Schmied!", rief der Bauschmied begeistert und wandte sich an seine Leute: „Wir sind gerettet! Hier haben wir einen, der weiß, wie man mit flüssigem Metall umgehen muss!"

„Ja, du hast recht", erklärte er dann. „Viel anders ist es nicht. Nur die Schmelztemperatur ist viel, viel höher, als die vom Kupfer."

„Merken!", wandte sich Bernhard mit einem Blinzeln an Antonio.

„Wie mischst du deine Bronze?", fragte der Schmied und Bernhard gab bekannt: „Neun Teile Kupfer und ein Teil Zinn."

„Dann bist du Waffenschmied!"

„Richtig. Ich mache Schwerter und Dolche", erwiderte Bernhard tief zufrieden. „Und ich schleife Waffen."

Antonio hielt dem Schmied seinen Dolch hin. Die anderen machten lange Hälse, um auch einen Blick auf die höllisch scharfe Klinge werfen zu können.

„Dazu habe ich es nie gebracht", gab der Schmied zu. „Ich verdiene mein Geld mit dem Gießen und Schmieden von Klammern für jegliche Gemäuer. Mich wundert nur, dass es hieß, es gäbe hier im Tal keinen, der sich gut auskenne."

„Ich bin noch nicht lange hier", erzählte Bernhard. „Hab auch noch keine neue Werkstatt. Insofern stimmt das schon, dass es keinen Schmied gibt."

Antonio spitzte die Ohren, als die beiden zu fachsimpeln anfingen. Da gab es einige Hinweise, die er unbedingt notieren musste. Allerdings stand ihm schnell der Schweiß auf der Stirn, weil er viele Dinge umschreiben musste. Schließlich war er kein Schmied und auch kein wandelndes Wörterbuch. Aber so kam er dazu, genauer nachzufragen, ob er es richtig verstanden habe, für seine Übersetzung. Das half Bernhard noch viel mehr, als bloßes Mitschreiben.

Als der kleine Schmelzhügel angestochen wurde, registrierte Bernhard jedes noch so winzige Detail. Ihm kam auch die Ehre zu, die erste große Klammer gießen zu dürfen. Rosalie beobachtete es aus der Ferne. *Er muss eine Schmiede bekommen! Es bricht mir sonst das Herz!*

Als die Männer zum Mittagessen kamen, strahlten beide übers ganze Gesicht. Sie hatten zwar mit einer kleinen Finte, aber ganz offiziell, alle Daten bekommen, die Bernhard brauchte. Antonio nahm nach dem Essen auch sofort ein Blatt Papier und die Schreibfeder zur Hand, um alles gewissenhaft zu notieren. Bernhard verwahrte den wertvollen Bogen in seiner Truhe, wobei er ihn noch in Stück Leder einrollte, damit ihm ja nichts zustieß.

Als der zweite Brückenbogen fertig war, widmete sich Bernhard wieder mit ganzer Kraft den Oliven. Das Sägen und Spalten der Baumstämme zu dicken Bohlen interessierte ihn weniger. Wobei er immer wieder hinüber schaute, weil man die Technik ja auch auf dem Hof brauchen konnte. Rosalie sammelte alle Holzreste ein und die Esel trugen die vollen Körbe über die alte Brücke.

Statt die Helfer über die Bauleute zu erfragen, schickten sie wieder Antonio nach Isolabona und am nächsten Tag standen beide wieder bereit, sich auf die Oliven zu stürzen, die diesmal mit mittlerem Reifegrad geerntet wurden. Das daraus gewonnene Öl war dunkler, hielt sich nicht ganz so lange, wie das aus den unreifen Früchten und es schmeckte süßlich.

Doch vor das Vergnügen, das Öl zu verkaufen, hatte Gott die harte Arbeit gesetzt. Auch diese Oliven wurden per Hand gepflückt und zu den Bottichen geschleppt, die diesmal Rosalie gereinigt hatte, damit Bernhard auf dem Bau Metall bearbeiten konnte.

Kaum waren alle Früchte im Wasser, endeten auch die Arbeiten an der Brücke und das erste Fuhrwerk wurde probeweise leer auf die andere Seite des Flusses geführt. Dann belud man die Wagen mit den Steinbergen, die noch das Ufer säumten. Als die Männer begannen, die Steine auf dem Mühlenufer herunterzuwerfen, dämmerte es auch Rosalie, was gleich geschehen werde.

Bernhard und Antonio rissen rasch das Ziegengatter nieder, Rosalie pflockte die Tiere zwischen den Obstbäumen an, und machte, dass sie alles rettete, was an Nutzpflanzen in der Nähe des Stalls wuchs. Die Männer assistierten, gruben andernorts neue Beete und setzten die Gewächse nach Rosalies Anweisung um.

„Puhhhhh, das war knapp!", rief sie und schaute zu, wie die Arbeiter an der Rückseite des Stalls neue Mauern aufschichteten. Andere waren bereits dabei, vor der nach vorn zeigenden gesamten Wandfläche starke Holzbalken in die Erde zu rammen. Auch dieses Areal wurde, so dass die an der zum Flusszeigenden breite Seite offen war, an den Schmalseiten mit Mauern versehen, die drei Tage später ein schräges Dach erhielten.

Bernhard war, seit mit diesem Teil des Baus begonnen wurde, regelrecht hibbelig, wie es Rosalie zu bezeichnen pflegte. Plötzlich kam ihm die Erleuchtung. Er packte sie am Arm. „Du, das wird eine Schmiede!"

„Ich habe es auch vermutet", lachte sie, kein bisschen darüber böse, dass er mit seinem festen Griff einen großen blauen Fleck verursacht hatte.

Als er es bemerkte, war es natürlich zu spät gewesen und er wäre vor Scham, ihr Schmerzen bereitet zu haben, am liebsten im Boden versunken. Antonio staunte wieder einmal über die Bärenkräfte des Müllers.

„Ja, wo er richtig hinschlägt, wächst kein Gras mehr", schmunzelte Rosalie.

Jemand tippte Bernhard von hinten an. „Hier, damit du wirklich zuschlagen kannst!" Es war der

Schmied, der Bernhard seinen größten Hammer in die Hand drückte. „Als Dank weil du meinen Gehilfen mehr als perfekt ersetzt hast. Die Auftraggeber hätten mir den Lohn gekürzt, wenn ich den Zeitplan nicht eingehalten hätte. Es hat Spaß gemacht, Bronze-Schmied. Lebewohl!"

Die Männer drückten sich fest die Hände.

„Was ist mit den restlichen Steinen?" Rosalie zeigte auf einen großen Haufen.

„Die könnt ihr haben. Vielleicht wollt ihr ja noch ein Stück Ufer befestigen."

„Oder den Hof bis zu den Lagern pflastern", überlegte Rosalie laut, „damit die Pferdewagen nicht den ganzen Boden umpflügen oder gar stecken bleiben."

„Meißel habe ich, Keile habe ich, einen großen Hammer auch und ich weiß, dass dein Vorschlag sehr gut ist", merkte Bernhard an. „Auf sie!" Er holte das Werkzeug herbei und begann seelenruhig, Steine zu spalten.

„Übermorgen sind die schwarzen Oliven dran", erinnerte ihn Rosalie.

„Macht nichts. Der Hof läuft doch nicht weg." Bernhard spaltete weiter.

Antonio kam mit Hacke und Spaten aus dem Schuppen. Er nahm Maß, dann bereitete für jeden Stein das richtige Bett vor, passte die Puzzleteile zusammen und hatte in einer Stunde ein halben Meter nahtlosen Übergang von der Brücke auf die Wiese fertig, was ihm viel Lob von Bernhard und Rosalie einbrachte.

„Hetz mich nicht!", schmunzelte Bernhard, dessen Teil der Arbeit erheblich länger dauerte.

Antonio hackte ein paar Grassoden heraus, unter denen sich fette Regenwürmer versteckt hielten. Er zog sie aus der Erde und warf sie in das Hühnergehege. Paul, der die Würmer auch sehr mochte, kam sofort herbei und schlug sich den Bauch voll, kaum dass Antonio die Grasbüschel heraushob. Als er satt war, zupfte er trotzdem weiter Regenwürmer und brachte sie den Hühnern.

Rosalie, die das bemerkte, rief ihn herbei, streichelte in liebevoll und knackte ihm einige Nüsse aus dem vorjährigen Vorrat. Das wiederum sorgte dafür, dass die Hühner an diesem Tag nicht selber nach Futter scharren mussten, weil Paul mit Engelsgeduld den Botendienst übernahm. Damit stieg er in Antonios Gunst gleich noch mehrere Stufen auf der Leiter.

Wie in den letzten Tagen stellten sich die Männer für die abendliche Wäsche mitten in den Fluss, der kaum noch Wasser führte. Es wurde immer schwerer genügend Wasser für den Garten zu schöpfen, weil zuerst die Tiere und die Küche an der Reihe waren.

Die Forellen hatten sich an tiefere Stelle flussabwärts verzogen, wo die Müllersleute nicht angeln und speeren durften. Pizza, Brot- und Rübensuppe, warmes Brot mit Olivenöl und Omelett zauberten den Männern trotzdem ein behagliches Lächeln auf die Gesichter, wenn sie nach ihrer schweren Arbeit mit Rosalie um den Tisch saßen.

Rosalie hielt verständlicherweise auch das Geld beisammen, denn bald war wieder Zahltag für die Steuern. Am Tag vor der letzten Ernte ging Antonio in den Wald, um Brennholz zu suchen. Statt Holz brachte er einen Berg Maroni und Pilze nach Hause, über die sich Rosalie riesig freute. Weil er selber die Pilze nicht kannte, hatte er sie komplett aus dem Boden gedreht, Rosalie und Bernhard suchten die essbaren Sorten heraus.

So gab es zu Mittag in Öl gebratene Pilze mit Zwiebeln und als Beilage gekochte Maroni. Rosalie hatte ganz einfach wieder eine der Tresterplatten *gemolken,* wie sie es nannte. Über die Reste freuten sich die Ziegen. Den Großteil der anderen Platten wollte sie für den Winter als Kraftfutter für alle Tiere aufheben.

Antonio staunte, wie sie das gesammelte Wissen der Jahrhunderte zu nutzen wusste. Er konnte Bernhard bestens verstehen, der für sie alles gegeben hätte. Erst recht, als auch er die Geschichte der beiden komplett erfahren hatte. Nun verehrte er seine Dienstherrschaften noch mehr, die ihn eigentlich mehr als Familienmitglied, denn als Knecht behandelten.

In der Burg der Doria akzeptierte man ihn inzwischen als Mittelsmann für Rosalie. Mehrere Tests Obertos hatten ergeben, dass er nie in die eigene Tasche wirtschaftete und selbst Trinkgeld stets den beiden Müllersleuten bekannt gab. Das durfte er auch immer in voller Höhe behalten, wie sowohl Antonio als auch Oberto erfreut zu Kenntnis nahmen.

Die reifen, schwarzen Oliven wollten sie zu dritt ernten, wofür sie einen vollen Tag einplanten. Die Männer schlugen mit Stangen die Früchte von den Ästen und Rosalie kroch über den Boden, um diese einzusammeln, wenn ein Baum komplett leer war. In einer Pause erzählte sie den Männern von den Erntemaschinen des 21. Jahrhunderts, die eine Art riesigen Trichterschirm um die Bäume legten und diese dann schüttelten, bis alle Früchte in den Schirm fielen.

Antonio dachte sehr lange nach, ehe er sagte: „Dann haben die Menschen sicher sehr viel freie Zeit, wenn es für beinahe alles Maschinen gibt. Was machen sie dann?"

Rosalie seufzte: „Manche widmen sich den schönen Dingen, wie Musizieren, Malen, Schreiben, Tanzen, Basteln oder Handarbeiten, einige trödeln den ganzen Tag herum und tun gar nichts und wieder andere kommen auf dumme Gedanken. Sie schaden anderen, die fleißig sind, und enden im Kerker."

„Und was hast du gemacht?", fragte Antonio weiter.

„Ich bin gereist und habe darüber geschrieben und davon anderen Geschichten erzählt. Ich habe gestrickt und gemalt und manchmal auch musiziert."

„Bist du auch mit einem Schiff gereist?"

„Ja, manchmal auch das. Aber unsere Schiffe waren aus Metall und nicht aus Holz."

Beide Männer nickten kaum merklich und hingen ihren Gedanken nach. Bernhard wünschte sich noch immer, wenigstens ein Mal ein Schiff zu sehen, und Antonio, eines Tages wieder die Planken eines Seglers unter den Füßen zu spüren, den salzigen Hauch auf der Haut und den Wind im Haar.

Sie trugen den letzten Korb Oliven zu den Bottichen, als Pauli und Pauline ihre abendliche Jagd begannen. Rosalie lockte die Hühner in den Stall und rief nach den Eseln, während die Männer die Ziegen im neuen Teil des Gebäudes unterbrachten.

„Die Fledermäuse werden wohl bald Winterruhe halten", mutmaßte Rosalie, weil kaum noch Insekten flogen. Auch Paul stocherte immer öfter nach Regenwürmern, weil er sonst nichts Schmackhaftes fand. Es gab keine Vogelnester mehr, die er ausrauben konnte, die Feldmäuse zogen sich in ihre Gänge zurück und nachts wurde es manchmal schon recht kühl.

Umso mehr staunte Rosalie, als eines Morgens eine der Hennen nicht aus dem Stall wollte und stattdessen ein fürchterliches Gegacker machte. Die Ursache war schnell gefunden – sie saß auf drei Eiern, die sie nicht im Stich lassen wollte. Rosalie beschloss, die Glucke mit ins Haus zu nehmen und ihr einen warmen Platz in der Nähe der Kochstelle zu geben.

Bernhard zimmerte aus ein paar Brettern ein gemütliches Kistchen, das er mit Heu auspolsterte, legte die Eier hinein, die Henne kletterte freiwillig hinterher. So trug er sie schließlich hinüber in die Küche. Paul, der schon wieder neugierig schaute, wurde ermahnt, die Henne in Ruhe zu lassen.

Nicht ganz drei Wochen später schlüpfte aus jedem der drei Eier ein Küken. Nun musste man Paul etwas strenger zur Ordnung rufen, sonst hätte er sich glatt eines der Kleinen als Snack genehmigt.

„Hoffentlich sind es Hennen!", bangte Rosalie. „Hähnchen könnte man zwar am Spieß braten, aber eben nur ein Mal. Hennen hingegen legen immer Eier."

Wegen dieser, nicht ganz von der Hand zu weisenden, Logik, grinsten sich die Männer vergnügt an. Ein Brathähnchen wäre ihnen schon recht gewesen. Rosalie drohte ihnen mit dem Finger und Paul krächzte sich eins. Das klang eindeutig nach schadenfrohem Lachen. Kein Hühnchen für mich, kein Hähnchen für euch.

Um den richtigen Zeitpunkt zum Öl pressen nicht zu verpassen, prüfte Rosalie nach einer Woche täglich die Oliven.

„Heute sind sie fällig!", gab sie bekannt und öffnete den Ablauf des ersten Bottichs.

„Spann einen Esel ein!", schlug sie vor, als sich Antonio bereit machte, den Mahlstein zu drehen.

Der junge Mann nickte und kam mit Matteo wieder, der brav Runde um Runde trabte, bis er von Nino abgelöst wurde.

Antonio schichtete den Olivenbrei zwischen die Matten, die Bernhard schließlich auspresste, als wirklich nichts mehr zwischen die Stempel ging. Das Öl aus den reifen Oliven, hatte einen satten Goldton, blumigen Duft und Rosalie füllte es in kleine Krüge, die etwa zwei Liter fassten. Seit Antonio eine Stelle mit besonders feinem Lehm entdeckt hatte, brachten sie auch kleine Siegel an, die ein geschwungenes R in einer stilisierten Blume zierten. Rosalie hatte es aus einer Laune heraus entworfen und Antonio einen Prägestempel aus Holz geschnitten.

Bernhard versprach: „Wenn ich irgendwann wieder Schmieden und Gießen kann, dann bekommst du ein Siegel aus Metall, das lange hält!"

Eines Abends, die Tiere waren gerade in den Stall gebracht worden und auf dem Herd köchelte eine Fischsuppe vor sich hin, erklang Hufschlag auf der neuen großen Brücke.

„Das ist Luciano!", rief Rosalie hinauseilend.

Die beiden Männer folgten ihr und Antonio übersetzte fleißig.

„Ich soll euch herzlich von Anna grüßen!" Luciano warf Antonio den Zügel zu, der das Pferd am Vordach des Anbaus festband. „Sie lässt fragen, ob ihr mit den Oliven so weit fertig seid, dass ihr die Mühle ein paar Tage in der Obhut von Antonio und eines Wächters lassen könntet?"

Auf Rosalies Blick begann Luciano zu lachen. „Nein, der Wächter soll nicht auf Antonio aufpassen, den hat der Admiral als absolut vertrauenswürdig eingestuft. Der Mann soll wirklich mit ihm zusammen Haus und Hof bewachen und die Tiere mit versorgen."

„Gut das beruhigt mich. Für uns ist Antonio nämlich auch absolut vertrauenswürdig." Rosalie bat alle zu Tisch, wo Details besprochen werden sollten.

„Oh, ihr habt Küken!", staunte Luciano „Völlig untypisch für diese Jahreszeit. Aber was ist bei euch schon normal?!" Er kam schnell zum Punkt. „Es geht um höchstens vier Tage, in denen wir dringend eure Hilfe brauchen. Ich würde euch morgen früh mit zwei freien Pferden abholen, damit wir Zeit sparen."

Ein kurzer Blickwechsel zwischen Mühlenbewohnern, dann erwiderte Rosalie: „Ja, das geht in Ordnung. Antonio kennt sich mit allem aus, er wird dem Wächter die nötigen Arbeiten zuteilen."

Dann ließ sich Luciano die köstliche Suppe schmecken. Natürlich bekam Paul von ihm ein Stückchen Brot, das er in die Suppe eingetaucht hatte, und ein paar liebevolle Streicheleinheiten. Antonio ging mit hinaus, um das Pferd wieder loszubinden.

Luciano flüsterte ihm zu. „Wenn die beiden weg sind, kommt nicht nur der Wächter, sondern ein Wagen mit einer großen Überraschung. Aber kein Wort zu ihnen!" Er deutete nur mit den Augen zum Haus.

„Ich schwör es!", gab Antonio genau so leise zurück.

„Macht euch keine Sorgen", sagte er im Haus. „Ich werde gut auf die kleinen Küken aufpassen und auch die anderen Tier gut versorgen."

„Das weiß ich", freute sich Bernhard. „Wo die Speisekammer ist, weißt du und auch, wo man Fische findet."

Rosalie blinzelte. „Er wird sich und den Mann von der Burg schon nicht verhungern lassen."

Antonio lachte vergnügt. Ja, er hatte von Rosalie viel gelernt, wie man mit wenig Aufwand ein warmes Essen auf den Tisch bringt.

Packen, wie in der Neuzeit, mussten sie nicht. Man trug ja eh immer dieselben Kleider. Bernhard legte seine Waffen bereit und Rosalie steckte etwas Geld in einen Lederbeutel. Sicher ritt man zur Burg, da brauchte man eigentlich keins. An dieser Stelle stutzte sie.

„Sagt mal, ist nur mir etwas entgangen? Von der Burg war doch gar keine Rede. Wo braucht uns Luciano?"

Die Männer hoben die Schultern. Eine Ortsangabe war tatsächlich nicht gemacht worden.

„Wir nehmen die warmen Umhänge!", legte Rosalie fest. „Sicher ist sicher."

Noch vor dem ersten Hahnenschrei war sie auf den Beinen, um Eier zu kochen und Wegzehrung einzupacken. Bernhard kratzte sich am Bart. Antonio zupfte sich am Ohr. Bis zur Burg brauchte man keine Pause, wenn man zu Pferd unterwegs war.

„Hast du eine Eingebung?", fragte Bernhard erstaunt.

„Etwas Ähnliches", seufzte Rosalie. „Ich weiß nicht warum, ich muss das einfach so tun."

Da kam auch schon Luciano mit den Pferden für die beiden. Bernhard half Rosalie beim Aufsteigen, schwang sich selber geschickt in den Sattel und winkte Antonio zum Abschied. Sie ritten alle nebeneinander, um sich unterhalten zu können. Luciano freute sich sehr, dass beide große Fortschritte beim Erlernen der fremden Sprache gemacht hatten.

Bernhard war seit jeher begierig gewesen, die Sprachen der Menschen zu lernen, mit denen er Geschäfte machte und erst recht, wenn er mit ihnen lebte. So verriet er: „Antonio è un bravo insegnante." (Antonio ist ein guter Lehrer.)

Als sie nach Isolabona kamen, war Bernhard ganz Auge. Da waren unzählige Dinge, die es zu bestaunen gab, obwohl es noch nicht einmal richtig hell geworden war. Am Haus des Hufschmieds drehte er sich so lange um, dass Rosalie heftig schlucken musste. Luciano schien das alles nicht zu bemerken.

Beim Anblick der Doria-Burg weiteten sich Bernhards Augen in fassungslosem Staunen. Das war das erste riesengroße Steingebäude, welches er zu sehen bekam. Ein Pferdewagen stand am anderen Ufer. Luciano hob grüßend die Hand und die drei Männer erwiderten den Gruß. Zumindest dachten das die Müllersleute. Sie ahnten ja nicht, dass das ein vereinbartes Zeichen war, loszufahren.

Rosalie schaute Luciano fragend an, als sie an der Brücke zum anderen Ufer vorbeiritten und damit am Steilweg zur Burg. Der junge Edelmann grinste breit und ritt gemächlich weiter.

„Ich glaube fast, mein lieber Bernhard, heute wirst du das Meer sehen", schmunzelte Rosalie. „Denn bis zur Küste ist es nicht mehr weit."

„Andiamo al mare?" (Gehen wir zum Meer?), fragte sie Luciano, weil ihr das Wort für reiten nicht gleich einfiel.

„Sì", erwiderte er, wobei sein Grinsen noch breiter wurde.

Bernhards Herz begann vor Aufregung zu wummern, wie ein großer Schmiedehammer. Es dauerte auch wirklich nicht sehr lange, da öffnete sich das Tal und gab einen Blick auf eine weite azurblaue Fläche frei.

Schiffe und mehr als Meer

„Ohhhhhhhhhhh", hauchte Bernhard völlig überwältigt von diesem Anblick. Er hatte schon Seen betrachtet, die riesig waren, aber das hier stellte wirklich alles in den Schatten, was er kannte. Rosalie hatte recht gehabt, als sie von grenzenlosen Weiten sprach. Nun streckte er ganz langsam den Zeigefinger aus. „Schiffe!"

„Navi", übersetzte Rosalie für Luciano.

Der lachte: „Piccole navi!" (Kleine Schiffe.)

Bernhard war trotzdem völlig aus dem Häuschen.

Es dauerte noch fast eine Stunde, bis sie das Meer von ganz nahem sehen und das Rauschen der Brandung hören konnten. Die Flut musste wohl auch gerade erst ihren Höhepunkt erreicht haben. Luciano machte Tempo. Im Trab ging es direkt durch den Ort, den Rosalie als Ventimiglia in Erinnerung hatte, hin zu einem Pier, an dem ein mittelgroßes Segelschiff festgemacht hatte.

Luciano sprang vom Pferd und bedeutete beiden, es ihm gleichzutun. Drei Männer übernahmen die Tiere und Luciano stieg als Erster an Bord. Rosalie folgte und Bernhard beeilte sich, nicht zurückzubleiben. Der kleine Laufsteg wurde eingezogen und schon lichtete das Schiff den Anker.

„Herzlich willkommen an Bord", sagte jemand hinter ihnen.

„Anna!"

Das junge Mädchen wirkte in den kostbaren Kleidern fast unnahbar. Aber nur auf den ersten Blick, denn sie umarmte beide mit strahlendem Lächeln und drückte sie ganz fest an sich. „Schön, dass ihr da seid!" Sie trat mit ihnen an die Reling, wo man den besten Blick auf das Meer hatte.

„Nimm es Bernhard bitte nicht übel, wenn er nur Augen für das Wasser hat. Es ist ein Traum, der gerade in Erfüllung geht", erklärte Rosalie.

„Das weiß ich doch. Ich habe Luciano gebeten, es irgendwie möglich zu machen, Bernhard diesen Wunsch zu erfüllen. Mein Vater hat uns gern das Schiff für eine kurze Rundfahrt zur Verfügung gestellt." Anna freute sich über das ungläubige Staunen von Bernhard, mit dem der die hohen Masten, die geblähten Segel und das Tauwerk betrachtete. Fischerboote zogen ihre Bahn, Möwen schossen pfeilschnell vorüber und bald war der kleine Hafen nicht mehr zu erkennen. Erst jetzt bemerkte Bernhard unzählige Matrosen, die in den Wanten herumturnten, um Segel zu reffen oder zu setzen. Luciano, der beim *capitano* gewesen war, gesellte sich zu ihnen.

„Überraschung gelungen, würde ich sagen", schmunzelte er und Bernhard bedankte sich von ganzem Herzen.

„Es gibt noch viel größere Schiffe", erzählte Luciano, aber die liegen im Augenblick bei Genua vor Anker. „Dort ist man noch immer dabei, die Schäden der Schlacht zu beheben. Dieses hier hat nicht allzu viel abbekommen. Ein paar Pfeiltreffer und einige Einschläge der Geschosse der Steinschleudern, die nicht weiter ins Gewicht fallen. Die Masten sind stabil und die Segel intakt."

1340 gab es die erste verbürgte Schiffskanone, 1284 haben wir jetzt, fiel es Rosalie siedendheiß ein. *Klar, dass sie Pfeile und Steinschleudern benutzen mussten. In der Antike gab es auch noch Rammsporne am Bug.*

„Woran denkst du?", fragte Luciano, der das Mienen spiel nicht ganz deuten konnte.

„Daran, dass ich die Bewaffnung anders eingeschätzt hatte." Rosalie berichtete über die Schiffskanonen. „Aber dann wäre die letzte Schlacht wohl noch verheerender gewesen."

Die Männer wurden sehr nachdenklich. Technischer Fortschritt war wohl nicht immer ein Segen. Um sie auf andere Gedanken zu bringen, fragte Rosalie, ob denn schon ein Hochzeitstermin feststehe.

„Im Mai nächsten Jahres!", strahlte Anna und Luciano drückte zärtlich ihre Hand. „Ich weiß auch schon ganz genau, woher wir das Öl für unsere Feier her holen werden." Sie blinzelte. „Ich habe hiermit jetzt gerade zuerst bestellt, da muss der Admiral nehmen, was dann übrigbleibt."

Luciano brach in schallendes Lachen aus. Die Qualität der Öle hatte sich tatsächlich schon bis Genua herumgesprochen.

Abends saßen sie mit dem Kapitän beisammen, der einige denkwürdige Geschichten aus seinem bewegten Leben erzählte. So kamen sie auch auf Monaco zu sprechen, wohin Anna mit ihrer Mutter hatte hin fliehen wollen.

Rosalie gab schließlich bekannt, dass die Insel in einigen Jahren den Grimaldi gehören werde, die auch Jahrhunderte später, noch den Felsen in ihrem Besitz hätten.

„Woher weiß sie das so genau?", wandte sich der Kapitän an Luciano.

„Gott hat ihr die Gabe des Vorhersehens gegeben", flüsterte Luciano. „Es wäre gut für dich, beide Informationen sofort wieder zu vergessen."

„Schon geschehen", wisperte der Kapitän mit scheuem Blick auf Rosalie. Nun wusste er auch, weshalb Luciano mit solch einem Selbstvertrauen in die letzte Schlacht gezogen war, weil ihm gesagt worden sei, dass Genua siegen werde.

Bernhard wurde die Ehre zuteil, in beinahe jeden Winkel des Schiffes schauen zu dürfen. Logisch, dass er an jedwedem Gegenstand aus Metall stehen blieb und sich die Funktion für das Ganze erklären ließ. Kupfer, Bronze, Eisen – Bernhard sog die Informationen auf, wie ein Schwamm.

„Ich glaube, er wird davon träumen", flüsterte Rosalie blinzelnd.

„Bei Träumen fällt mir ein: Wie geht es den Fledermäusen und was machen die anderen Tiere?" Anna schaute erwartungsvoll in die Runde.

„Die Fledermäuse träumen wirklich schon vom Frühjahr", erzählte Bernhard. „Die haben sich einen ruhigen Winkel bei den Wasserbottichen gesucht. Dafür laufen jetzt drei kleine Hühnerküken durch unsere Küche. Eine der Hennen ist eine hervorragende Glucke. Zwar zu komischer Zeit, aber immerhin."

„Stimmt! Ich habe sie gesehen!", warf Luciano ein.

„Ziegen und Eseln geht es auch prächtig", verriet Rosalie. „Nur Paul wird jetzt traurig sein, weil wir nicht da sind. Aber Antonio schafft es sicher, den schwarzen Racker zu trösten. Die beiden mögen sich. Wenn Antonio energisch wird, lässt Paul sofort jeden Unfug bleiben."

Anna lächelte. „Ich habe gehört, dass er für euch als Mittelsmann fungiert."

„Ja, das ist richtig", nickte Rosalie. „Er hat die Vollmacht, in unserem Namen mit dem Öl zu handeln. Er hat eine Nase für Geschäfte. Wie bist du eigentlich auf ihn gekommen?", fragte sie Luciano.

„Er ist ein Datini", sagte Luciano kurz und verfehlte die erhoffte Wirkung nicht.

Rosalie stutze nur ganz kurz, dann sagte sie: „Da hat er das Geschäftemachen praktisch schon mit der Muttermilch eingesogen."

Die Datini hatten besonders in Frankreich mit jedwedem Handel und Bankgeschäften Geld verdient. „Ihre Stiftungen sind sogar noch in meiner Zeit bekannt", erklärte sie zum Erstaunen der anderen.

„Und ich gerate nicht gerne zwischen die Fronten der Geldgewaltigen", lachte Luciano. „Da habe ich es vorgezogen, ihm etwas Gutes zu tun, um im Notfall einen zu haben, der aus Gewissensgründen auf meiner Seite ist."

„Auch ein guter Handel!", schmunzelte Rosalie.

Bernhard war zu aufgeregt, um sofort zu schlafen. Er saß am Bug des Schiffes, betrachtete selbstvergessen den samtblauen Sternenhimmel, der sich geheimnisvoll im fast ruhigen Wasser spiegelte. Der Wind war schon vor zwei Stunden eingeschlafen, die Segel gerefft und eine Nachtwache drehte ihre Runden. Irgendwann beschloss er, wenigstens noch eine Stunde an Rosalies Seite zu ruhen.

Am Morgen frischte der Wind auf und der Kapitän gab eine Galavorstellung, die glatt in ein Lehrbuch gepasst hätte, wie man gekonnt gegen diesen segelt. Bernhard wieder ganz Auge und Ohr, quetschte sich in eine Ecke, um die Matrosen nicht zu stören, die alle Hände voll zu tun hatten, den Befehlen zu folgen.

Gegen Mittag kam der kleine Hafen von Ventimiglia in Sicht. Bernhard war nun klar, dass hier größere Segler gar nicht anlegen konnten. Die mussten draußen vor Anker gehen und die Besatzung im Boot die letzten hundert oder zweihundert Meter zum Strand rudern.

„Mit diesem Schiff geht es auch nur, wenn die Flut ihren höchsten Stand erreicht", erklärte der Kapitän und die Passagiere beeilten sich, an Land zu gehen, damit es sofort wieder auslaufen konnte.

Luciano ließ Bernhard die Zeit, diesen Vorgang genau zu beobachten. Rosalie vermisste ein bisschen die Palmen, die in ihrer Zeit überall am Mittelmeer wuchsen. Dabei wusste sie genau, dass diese erst irgendwann im 19. Jahrhundert, meist aus Nord-afrika, hierher gebracht worden waren. Auf dem Bummel durch den malerischen kleinen Fischerort blieben Bernhards Augen wehmütig an den Pro-dukten eines Kürschners hängen, der auch Leder-schürzen im Angebot hatte, wie sie ein Schmied brauchen konnte.

„Ich nehme sie dir als Andenken mit", erklärte Rosalie sofort und kaufte auch gleich noch für Anto-nio ein Wams.

Dann ritten sie zu viert bis dahin, wo man im Delta der Nervia bis ans Meer gelangen konnte. Mit dem Einsetzen der Ebbe kamen Muscheln und Schneckenschalen zum Vorschein, die Bernhard ein-sammelte, um Rosalie eine besondere Freude zu machen. Sie hatte ihm immer wieder von diesen Dingen erzählt, die er nun mit eigenen Augen bestaunen konnte.

Plötzlich begann er zu lachen: „Schau mal! Da wohnt eine kleiner Krebs in einem leeren Schne-ckenhaus!"

Rosalie erklärte ihm, warum sich der Einsiedler-krebs ein Häuschen suchen musste. Wegen des wei-chen, ungeschützten Hinterteiles. Ihr gelang es, den kleinen Kerl ganz vorsichtig aus dem Haus zu ziehen, um ihre Worte beweisen zu können. Natürlich schauten auch die beiden anderen äußerst interessiert zu. Rosalie setzte Krebs und Schneckenhaus nebeneinander wieder zurück ins Wasser, sodass der kleine Kerl sofort wieder einziehen konnte. Natürlich unter den neugierigen Blicken der Umstehenden.

„Na, der beeilt sich aber", staunte Anna.

„Wer will schon halb nackt aus dem Haus geworfen werden?", meinte Rosalie und die anderen prusteten los.

Als die ersten Wellen heranrollten, welche das Einsetzen der Flut andeuteten, brachen sie auf. Auf dem Talweg nach Dolceacqua verabschiedeten sich Anna und Luciano. „Ihr findet sicher allein den Weg nach Hause. Die Pferde nimmt der Wächter wieder mit zur Burg."

„Wir haben vier Tage veranschlagt", sagte Rosalie, als sie gemächlich das Tal hinauf ritten. „Lassen wir die Pferde im Schritt gehen und machen ein oder zwei kleine Pausen. Wir sollten uns die Auszeit gönnen. Solch ein Glück hat man in dieser Zeit meist nur ein Mal im Leben."

„Ja, Schatz, du hast recht. Genießen wir das kleine Stück Freiheit. Morgen sind wir wieder ganz für unsere Tiere und die Mühle da. Ich bin, dank dir, sowieso der glücklichste Mann, weit und breit. Die letzten beiden Tage waren ein Erlebnis, das ich kaum begreifen kann."

In Dolceacqua kehrten sie bei jenem Wirt ein, der ihr Öl verwendete und man konnte sich gegenseitig *beschnorcheln*, wie es Rosalie scherzhaft nannte. Als er erfuhr, dass das Öl aus den schwarzen Oliven schon gepresst sei, orderte er gleich zwei Krüge, die sie ihm für den übernächsten Tag versprach.

„Du kommst schon ziemlich gut mit der Sprache zurecht", staunte Bernhard und bekam das gleiche Lob von ihr.

Die nächste kleine Rast legten sie in Isolabona ein, wo Rosalie einen Krug Wein erstand, um die beiden wundervollen Tage feiern zu können. Sie gönnten sich doch sonst nichts Besonderes.

„Wir haben ziemlich viel Geld ausgegeben", sagte Bernhard, als Rosalie den Krug im Reisesack verstaute.

Sie winkte ab. „Wir werden den Winter schon überstehen. Wir haben stapelweise Tresterplatten. Ich habe ein großes Fass mit gemahlenen Maroni gefüllt und in der Speisekammer hängen mehrere Würste und Schinken. Mehl für Brot ist auch da, die Hühner legen Eier und im allergrößten Notfall schlachten wir eine Ziege, falls wir keine Fische erwischen."

„Ja, das ist wahr", bestätige Bernhard beruhigt. „Und jetzt freue ich mich auf unser Zuhause. Ich habe fast nicht geschlafen, weil ich alles sehen und nichts verpassen wollte. Heute abend noch ein Becher Wein und ich komme morgen bestimmt nicht aus dem Bett."

Rosalie lachte. „Machts nichts, es waren vier Tage veranschlagt. Dann muss Antonio deine Arbeit mitmachen."

Nach der nächsten Wegbiegung war schon die Mühle zu sehen. Sie passierten die Brücke. Antonio kam, Paul auf der Schulter, aus dem Stall, in den er soeben die Ziegen gebracht hatte. Kaum hatte der Rabe die beiden Reiter erspäht, war alles zu spät. Er stürzte mit so wildem Gekrächze auf Rosalie los, dass die Pferde gescheut hätten, wäre Antonio nicht zu Stelle gewesen. Der packte beide am Halfter und sprach beruhigend auf sie ein.

Paul krallte sich inzwischen wie ein Ertrinkender an Rosalie fest, als wolle er sie nie wieder loslassen. Gleichzeitig versuchte er, seinen Schnabel Bernhard unters Kinn zu stecken. Es blieb ihnen nichts weiter übrig, als ganz schnell von den Pferden zu springen und den Raben gleichzeitig zu streicheln und zu beschmusen.

Urplötzlich erstarrte Bernhard, fasste sich ans Herz und begann zu wanken. Antonio und der Wächter mussten ihn stützen, sonst wäre der bärenstarke Mann zu Boden gegangen.

„Was hast du?", flüsterte Rosalie entsetzt.

„Da!" Mehr bekam Bernhard nicht heraus, zeigte aber zu den Stallgebäuden.

„Oha! Ich glaube, ich habe Halluziantionen!" Rosalie rannte zum Schleppdach, schaute sich um, schüttelte den Kopf und rief: „Echt. Alles echt. Eine richtige, echte Schmiede, mit allem drum und dran! Jetzt weiß ich, warum uns Luciano vom Acker haben wollte."

Antonio nickte eifrig, obwohl er mit dem letzten Satz nun gar nichts anfangen konnte. Er reimte es sich einfach passend zusammen. Paul, in Sorge um Bernhard, saß auf dessen Schulter und gab mauzende Töne von sich, wie eine Katze.

„Ist schon gut, mein Kleiner. Ich kippe nicht aus den Schuhen", murmelte er, den Raben liebevoll streichelnd. „Komm, wir schauen uns zusammen an, was uns Luciano Schönes unter das Dach gezaubert hat."

„Bring die Pferde in den Stall!", rief Rosalie dem Wächter zu. „Heute Abend wird gefeiert!"

Das ließ der sich auch nicht zwei Mal sagen! Er brachte ihnen Wasser und Heu, dann folgte er der Müllerin in die gemütliche Küche. Niemanden störte, dass dort die Glucke mit den Küken herumwuselte.

Rosalie holte einen Schinken, Bernhard öffnete den Weinkrug und schenkte aus. Dankbar nahm Antonio seinen Becher entgegen. Es war für ihn eine besondere Ehre, mitfeiern zu dürfen.

„Hier wird keiner ausgelassen", erklärte Rosalie, weil der Wächter wegen Antonio auch erstaunt Schaute. „Wer gut arbeitet, soll auch gut feiern."

Bernhard zerlegte nach dem Zuprosten den Schinken in hauchdünne Scheiben, denen alle gern zusprachen. Auch Paul bekam ein Scheibchen, das er gleich auf dem Tisch verspeiste. Dann lief er zwischen Rosalie und Bernhard hin und her, um beide immer wieder mit dem Schnabel zu berühren.

„Ihr habt ihm wirklich sehr gefehlt", verriet Antonio, worauf der Rabe ein klagendes, fast fiependes Geräusch von sich.

Sie leerten auch noch einen zweiten Becher Wein, ehe sie in die Betten fielen.

Der Wachmann aus der Burg, erheblich besser in Übung, was den Weinkonsum betraf, war morgens als Erster auf den Beinen. Rosalie als Zweite, obwohl in ihrem Kopf ein kleines Männlein mit einem Presslufthammer saß. Die kühle Luft auf dem Weg zum Stall tat ihr gut, als sie die Tiere ins Freie ließ. Dann wusch sie sich das Gesicht mit dem eiskalten Wasser aus dem Fluss, was die Lebensgeister endgültig wieder auf Trab brachte.

Bernhard hatte auf ihre Bitte eine trogartige Rinne, ein Stück vom Ufer weg, gemauert, durch die sie Wasser leiteten, und aus der auch die Tiere gefahrlos trinken konnten. Warum Eimer schleppen, wenn es auch anders ging?

Nach dem Frühstück schwang sich der Wächter auf ein Pferd, nahm das zweite am Zügel und trabte, mit vielen Grüßen an Burgherr und Koch, nach Dolceacqua.

„Jetzt packen wir aus, was wir mitgebracht haben", sagte Rosalie. Sie reichte Bernhard lächelnd die Schürze. „Nun ist sie nicht nur ein Andenken an einen schönen Tag."

Antonio nahm staunend das Wams entgegen. Er zog es sofort an. „Es passt hervorragend. Danke, danke, danke!"

„Schmuck sieht er aus!", lobte Bernhard und Antonio freute sich riesig.

„Und du? Hast du denn gar nichts für dich?", fragte Bernhard.

„Die vielen Muschel- und Schneckenschalen", erwiderte Rosalie. „Und etwas, bei dem ich nicht weiß, ob ich mich wirklich freuen soll." Sie legte einen Packen Stricknadeln auf den Tisch.

Die fragenden Blicke beantwortete sie, indem sie den Männern eine moderne Rundstricknadel erklärte, mit der man die unmöglichsten Sachen stricken konnte. Dann saßen alle mit ratlosen Gesichtern um die Nadeln.

Plötzlich rief Rosalie: „Männer, ich hab die Lösung! Oder mehrere, ganz wie ihr wollt. Ich stricke schmale Bahnen und stopfe sie kunstvoll zusammen. Oder aber ihr macht mir aus Leder kleine Scheiben, als Nadelstopper, wo die Maschen nicht wegrutschen können. Dann kann ich auf einer Bahn mehrere Nadeln nehmen. Das ist zwar auch mühsam, aber es dürfte funktionieren." Sie legte mit triumphierendem Grinsen vier Nadeln nebeneinander.

„Hat dir schon mal jemand gesagt, dass du genial bist?", lachte Bernhard.

Rosalie legte einen Finger vor die Lippen und kicherte: „Pssssssssssssst! Wer zu viel weiß, muss zu viel machen."

„Oder findet das große Glück, statt in einem Kerker zu verrotten. Zum Beispiel, in einer herrlichen Mühle bei wundervollen Dienstherrschaften arbeiten zu dürfen", ließ sich Antonio vernehmen, der mit den Fingerspitzen sein schönes neues Wams streichelte.

„Darauf sollten wir heute Abend den restlichen Wein trinken", schlug Rosalie vor.

„Machen wir", strahlte Bernhard, seine Schürze umbindend. „Ihr könnt sagen, was ihr wollt, ich muss ein bisschen in meiner Schmiede werkeln, sonst sterbe ich an Herzdrücken." Er steckte noch einmal den Kopf zur Tür herein. „Ich brauche jemanden, der lesen kann!"

„Gibt es hier so jemanden?", fragte Rosalie erstaunt, Antonio schüttelte bekümmert den Kopf und Bernhard brach in schallendes Lachen aus. „Wenn ihr so weiter macht, trinke ich den ganzen Wein allein. Vor Kummer."

„Ach herrje! Antonio, rasch an die Arbeit!", kicherte Rosalie und der junge Mann sprang schmunzelnd auf, um Bernhard zu helfen.

Bald roch es nach Feuer und heißem Metall. Bernhard hatte einen ganzen Haufen Schrott bekommen, mit dem er üben konnte.

Rosalie hatte auch auf einen Zettel geschrieben, was sie über die unterschiedlichen Schmelztemperaturen wusste, um Bernhard in etwa ein Gefühl geben zu können. Bei 1083 Grad schmilzt Kupfer, Eisen bei 1535 Grad. Also müssen rund 500 Grad Celsius mehr erreicht werden.

Bernhard hatte aber schon beim Brückenbau gut aufgepasst und schaffte es, ein paar alte Hufnägel schmiedbar weich zu bekommen. Das rhythmische Hämmern klang wie Musik in Rosalies Ohren. Paul saß mit unterm Schleppdach, weitab von den Flammen, und schaute neugierig zu, wie die Funken stoben.

Gegen Mittag war Bernhard zufrieden mit seinem Machwerk. Er schnappte sich einen der Fischspeere und verpasste ihm die neue Harpunenspitze mit Widerhaken, drückte ihn Antonio in die Hand und sagte: „Du bist dran!"

„Fantastische Waffe!", lobte Antonio, als er gleich beim ersten Stoß eine große Forelle am Haken hatte, für die es keine Chance, zu entkommen, gab. Er trabte auch gleich so, den Fisch noch am Speer, in die Küche zu Rosalie, wohin ihm der zufriedene Bernhard folgte, um die Reaktion selbst sehen zu können.

Rosalie begutachtete die gelungene Arbeit von allen Seiten. Der Meister bekam einen zärtlichen Kuss, Antonio ein Dankeschön und schon nahm Rosalie die unerwartete Gabe aus, um sie in heißem

Öl knusprig anzubraten. Da wurden ganz sicher drei Leute satt davon.

„Du siehst glücklich aus", stellte Rosalie am Mittagstisch fest, worauf Bernhard breit lächelte. „Das bin ich auch."

„Wirst du wieder Waffen schmieden?", fragte Antonio.

Bernhard schüttelte langsam, aber sehr bestimmt den Kopf. „Nein, ich will herausfinden, was die Leute wirklich haben wollen. Worauf sie so gierig sind, dass sie hierher kommen, statt dass ich auf Märkte ziehen muss, um es zu verkaufen. Das heißt aber nicht, dass ich gar keine Dolche und Schwerter mehr machen werde. Messer brauchen jedenfalls alle. Das weiß ich sicher. Mit meinem Spezialschliff werden wir die auch gut verkaufen können."

„Probieren wir es einfach aus und fragen, was sich jeder so wünschen würde, auch wenn er es sich nicht selber leisten kann. Andere haben vielleicht das Geld und den gleichen Geschmack", schlug Antonio vor.

„Da kannst du morgen gleich beim Wirt in Dolceacqua anfangen", regte Rosalie an. „Du bringst ihm sein Öl und machst ihm eine Laterne schmackhaft."

„Und wenn ich altes Metall finde oder billig kaufen kann, bringe ich es gleich mit", fügte Antonio hinzu.

„Genau. Das nenne ich den Geschäftssinn der Datini", blinzelte Rosalie.

Antonio zuckte deutlich sichtbar zusammen. „Woher du erfahren hast, aus welcher Familie ich stamme, muss ich nicht fragen. Du bist aber sicher die Einzige, die mir Geschäftssinn zugesteht. Für meine Verwandten galt ich als nicht hart genug und damit völlig untauglich."

„Für uns bist du, mit deiner Art des Herangehens, der ideale Partner. Man muss nicht die halbe Welt regieren. Manchmal genügt es wirklich, einfach nur glücklich zu sein, mit dem, was man tut."

„Danke!", strahlte Antonio. Rosalie sprach ihm aus der Seele. Er hatte nie um jeden Preis Reichtum scheffeln, sondern einfach nur leben und für gute Arbeit geachtet sein wollen. Hier bekam er Anerkennung für das, was er tat. Rosalie und Bernhard waren wirklich anders, als alle, die er kannte.

Am Nachmittag mistete Antonio die Ställe aus, schüttete frisches Heu auf und reparierte, was die Ziegen zerstört hatten. Rosalie wusch Wäsche, wobei ihr fast die Finger taub wurden, so kalt war das Wasser.

„So geht das nicht weiter", schimpfte Bernhard. „Du holst dir noch den Tod! Das nächste Mal stellen wir einen Holzbottich an den Ablauf der Olivenwannen und du machst das Wasser warm, das wir dir hinüber tragen werden. Und keine Widerrede! Wir kaufen einen neuen Bottich für Obst und Gemüse."

Rosalie meuterte auch wirklich nicht.

„Du wirst doch nicht etwa krank werden?", fragte Bernhard sofort besorgt.

Sie lachte. „Nein, ganz bestimmt nicht. Du hast mich nur gerade mit Fakten erschlagen."

„Womit?" Bernhard winkte ab. „Kapiere ich bestimmt sowieso nicht. Es reicht schon, wenn du auf mich hörst."

„Man müsste Seife kochen, um schneller und besser Waschen zu können", überlegte Rosalie laut. „Oder welche kaufen. Man muss nicht alles selber machen."

„Ich halte die Ohren offen", versprach Antonio.

Am nächsten Morgen spannte er Nino vor den Karren, worüber sich Rosalie erst wundern wollte, handelte es sich doch nur um zwei Krüge, die transportiert werden sollten. Dann fiel ihr das Gespräch vom Vortag ein. Antonio war durchaus imstande, mit wenig Geld einen vollen Wagen heimzubringen. Ein richtiger Datini eben, auch wenn er es nicht wahrhaben wollte.

„Recht frisch", murmelte er, die bleigrauen Wolken betrachtend.

„Nimm den!" Bernhard hielt ihm seinen warmen Umhang entgegen. „Es bringt doch nichts, wenn du dir eine Erkältung oder Schlimmeres einfängst."

Rosalie brachte ein paar Kupfermünzen herbei. „Falls du was siehst, was wir brauchen können."

Antonio steckte sie sorgfältig ein. Das Vertrauen musste riesig sein, wenn man ihm absolut freie Hand ließ. Weder das noch die Münzen wollte er verlieren. Sein Weg führte auch schnurstracks nach Dolceacqua, wo der Wirt erfreut das Öl entgegennahm und ihm ein Stück Focaccia spendierte.

„Unser Schmied arbeitet wieder", ließ Antonio fallen. „Messer, Laternen und tausend schöne Dinge, die sich in deiner Schankstube gut machen würden."

Der Wirt horchte auf. „Messer? Etwa so scharf, wie alle von seinem Dolch erzählen?"

Antonio zog seinen eigenen Dolch als Beweis, was zu erwarten war.

„Oha! Schleift er auch alte Messer?"

„Natürlich!", rief Antonio, eine dauerhafte Einnahmequelle witternd.

Augenblicke später hielt er drei große Messer, in einem Leder eingeschlagen, in der Hand, um sie aufarbeiten zu lassen. „Übermorgen hast du sie wieder", versprach er. „Wenn du altes Eisen loswerden willst, auch wenn es nur Nägel sind, immer her damit."

Der Wirt warf einiges in den Korb auf dem Karren und Antonio zog weiter. Dahin, wo er sein Hauptziel des Tages sah – zur Burg. Man kannte ihn und ließ ihn passieren. Der Zufall wollte es, dass der Admiral gerade zu den Stallungen wollte und den kleinen Karren mit dem Esel auf dem Hof gar nicht übersehen konnte. Er kam heran und fragte besorgt, ob es Probleme in der Mühle geben.

„Nein, nein, die gibt es nicht. Bernhard schmiedet wieder und ich versuche, altes Metall für ihn zu besorgen. Rosalie hingegen sucht jemanden, der Seife verkauft. Sie braucht dringend ein Stück."

„Giacomo!", rief Oberto. „Bringe ein Stück Seife und zeige Antonio, was er an Schrott mitnehmen kann!"

„Was schulde ich Euch, Herr?", fragte Antonio.

„Gute Nachrichten beim nächsten Besuch." Der Admiral schwang sich auf sein Pferd, das ihm der Stallbursche auf den Hof gebracht hatte.

Eine Stunde später trabte auch das Eselchen mit einem wohlgefüllten Karren vom Hof, so voll, dass sogar Antonio nebenher ging, damit es das arme Tier etwas leichter hatte. Er gönnte ihm auch zwei Pausen, es war nämlich auch niemandem gedient, bräche einer der wertvollen Esel zusammen.

Rosalie und Bernhard kamen zur Brücke gelaufen, als der schwere Wagen darüber rumpelte.

„Ach du meine Güte! Hast du halb Ligurien abgeklappert?" Bernhard schüttelte fassungslos den Kopf.

„Nein, nur die halbe Burg. Ich soll euch viele Grüße vom Admiral bestellen. Er hat sich persönlich um mein Anliegen gekümmert." Mit diesen Worten zeigte er auf den Wagen und zog er auch noch das Stück Seife aus dem Beutel.

„Was haben all die schönen Sachen gekostet?", fragte Rosalie.

„Freundliche Worte", schmunzelte Antonio, ihr das Geldbeutelchen in die Hand drückend. „Ich habe auch einen Auftrag mitgebracht. Messer schleifen."

Bernhard lud inzwischen das wertvolle Altmetall vom Wagen und deponierte es, einigermaßen vor Regen geschützt, unter seinem Schleppdach.

Geheimtipp „Einsame Mühle"

Bernhard griff sich die Messer und begann sofort zu arbeiten. Einer, der ihr Öl kaufte, sollte auch sonst nicht warten müssen. Zuverlässigkeit sprach sich schnell herum.

„Gib Bescheid, dass wir ab sofort wieder Geschichtenabende abhalten", bat Rosalie, als sich Antonio schon am nächsten Morgen wieder auf den Weg machte. Diesmal auf dem Rücken von Matteo, der noch zwei große leere Körbe trug. Nun, nicht ganz, in einem steckte ein Krug Öl. Konnte ja sein, dass Antonio wieder irgendwas Brauchbares vor die Nase kam, das man eintauschen konnte. Er verriet auch nicht, dass er schon am Vortag etwas im Auge gehabt hatte. Vielleicht war es ja gar nicht zum Verkauf bestimmt und Rosalie wäre traurig, es nicht zu bekommen.

Der Eselkarren hatte nicht in die schmale Gasse zwischen den Häusern gepasst und allein hatte er ihn nicht einfach stehen lassen wollen. Heute sah das anders aus. Man hätte ihm schlimmstenfalls die leeren Körbe gestohlen, denn das Öl konnte er im Reisesack unterbringen.

Beim Gastwirt bekam er wieder eine kleine Wegzehrung und zwei ganz heiße Tipps auf seine Fragen.

Kein Wunder, dass er sich beeilte, ehe ihm jemand die begehrten Waren vor der Nase wegkaufte. Weil das Haus von außen völlig unscheinbar wirkte, klopfte er an, um zu fragen, ob er richtig sei.

„Um die Ecke geht es zum Hoftor", bekam er gesagt und führte seinen Esel hinein, wo er ihn festband. Der eigentümliche Geruch zeigte an, dass er hier richtig war. Schafvliese, geschorene Wollberge und fertig gesponnenes Material, wohin er schaute.

„Was ist dein Begehr?", wurde er lächelnd gefragt, weil er gar nicht wusste, wohin er zuerst blicken sollte.

„Wolle. Helle und dunkle", gab Antonio bekannt. „Wieviel, kommt auf den Preis an."

„Du kommst doch aus der Mühle?"

„Richtig."

„Tauschhandel?"

„Auch das!" Antonio hob den Krug aus dem Korb. „Reinstes Olivenöl aus der ersten kalten Pressung."

„Heh, heh! Das ist ja die Sorte, die auch beim Admiral auf den Tisch kommt!", rief der Besitzer der vielen schönen Schafwoll-Produkte.

Antonio bestätigte das lächelnd.

Man hielt ihm von jeder Sorte drei Knäuel Wolle hin. Er prüfte ein Stück Faden. „Vier!"

Ein Nicken folgte, dann wechselte der Krug seinen Besitzer. Oder vielmehr der Inhalt. Die Krüge sammelte man regelmäßig wieder ein, um sie neu zu befüllen. Manche wurden leer zu Mühle gebracht und neu befüllt wieder mitgenommen. Das war für die Kunden preiswerter, weil sie den Pfand schon beim ersten Mal bezahlt hatten.

Antonio war auf Anhieb von Rosalies Pfandsystem begeistert gewesen. So musste man nur wenige Krüge nachkaufen und die Kunden gingen sorgsam damit um. Wer den Krug zerbrach, musste beim nächsten Mal wieder tiefer in die Tasche greifen.

Auf dem Rückweg begann es zu regnen, was sich den ganzen Tag schon angedeutet hatte.

„Ausgerechnet jetzt", schnaufte Antonio. „Lauf Matteo, lauf, mein Kleiner!"

Bevor es zum Wolkenguss ausartete, erreichten sie die Mühle. Antonio lud die Körbe ab und rieb den Esel mit Heu trocken. Dann werkelte er im Stall, bis der Regen nachließ.

Mit den Worten: „Da kann man ja glatt ersaufen", trat er in die Küche.

„Schon da?", staunte Bernhard.

„Schon lange. Ich habe im Esel-Stall gesteckt, um nicht fortgespült zu werden", lachte Antonio. „Es wäre auch schade gewesen, wenn verdorben wäre, was ich mitgebracht habe." Er zog die Wolle aus dem Sack. Erst die dunkle, dann die helle.

Rosalie hüpfte fast wie Rumpelstilzchen um den Tisch, worüber sogar Paul in krächzendes Gelächter ausbrach. „Alles für einen Krug?"

„Hmm, hmm. Zuerst wollten sie nur drei von jeder Farbe geben. Aber auch Ölqualität hat ihren Preis ..."

Antonio bekam zwei Münzen als Dank, die er sehr erfreut entgegennahm. Er beschloss, sich von seinem Ersparten beim nächsten Einkauf im Ort einen eigenen winterfesten Umhang zu kaufen, da, wo er die Wolle geholt hatte.

Am nächsten Morgen brachte Rosalie die Küken samt Glucke in den Stall. Sie waren jetzt so groß, dass sie auch kühlere Temperaturen vertragen konnten. Paul blieb dort, um zu beaufsichtigen, was das muntere Völkchen trieb. Natürlich neckte er wieder den Hahn, indem er den Schrei eines Konkurrenten imitierte.

Rosalie putzte die Küche und gleich noch den Raum, in welchem wieder die Geschichtentreffen stattfinden sollten. Antonio reparierte den großen Tisch und die Bänke. Bernhard schmiedete an einer Überraschung, wie er verlauten ließ und die beiden anderen störten ihn nicht.

Das zwar leise, aber äußerst ungewöhnliche Fluchen zeigte an, dass es etwas Kompliziertes sein musste. Zum Mittagessen erschien Bernhard mit finsterem Gesicht. Rosalie traute sich gar nicht, nach der Ursache zu fragen, und auch Antonio hielt sich zurück.

Zwei Stunden später ertönte fröhliches Pfeifen bei der Schmiedearbeit und die beiden anderen grinsten sich vergnügt an. Offensichtlich hatte Bernhard die Hürde gemeistert und eine neue Technik für sich entdeckt.

„Was für die Wäsche geht, ist auch für rußige Schmiedemeister gut", erklärte Rosalie am Abend und bat Antonio, heißes Wasser zum Holzzuber zu bringen, neben dem schon ein Eimer mit kaltem Wasser stand und die Seife lag. Bernhard war dankbar dafür.

„Ich fühle mich unglaublich, seit ich wieder den Hammer schwingen darf!", jubelte er bei Tisch.

„Wird mir wohl auch so gehen, wenn ich das erste Mal Maschen auf die Nadel schlage", seufzte Rosalie.

Bernhard wandte sich an Antonio. „Und was würdest du gern tun?"

„Weiß nicht. Vielleicht musizieren. Eine Okarina dürfte erschwinglich sein. Oder ich versuche, mir aus einem Haselzweig eine Flöte zu schneiden. Es muss ja nicht beim ersten Versuch was Gescheites daraus werden." Er zog die Augenbrauen zusammen. „Ich habe noch nie wirklich darüber nachgedacht."

Am Samstag nach diesem Gespräch kamen mit dem Einsetzen der zeitigen Dämmerung mehrere Leute aus dem Ort gepilgert, um Geschichten zu hören und sich dabei ein wenig handwerklich zu betätigen. Jeder hatte etwas an Speisen für das Abendbrot dabei. Rosalies frisches Kräuterbrot stand auf dem Tisch, eingelegte Oliven und Tee. Paul saß auf ihrer Schulter, um ich rechten Moment Gruselgeräusche zu machen, wie Türquietschen, Schnarchen und Ähnliches.

„Bei uns zu Hause gab es Abende, an den wurden nicht nur Geschichten erzählt, sondern auch gestrickt, gestickt, oder ge ..."

Pferdegetrappel auf der Brücke ließ alle lauschen. Pferde konnten sich nur wirklich reiche Leute leisten. Wer mochte wohl zu so später Stunde noch hier herumreiten?

Bernhard und Antonio gingen nachschauen. Es waren zwei Männer, die gerade von ihren Tieren sprangen.

„Das ist der Admiral!", flüsterte Antonio ganz aufgeregt Bernhard ins Ohr.

Sie begrüßten die Neuankömmlinge mit der ihnen zustehenden Ehrerbietung und luden sie in die gesellige Runde ein.

Rosalie strahlte über das ganze Gesicht, als sie Oberto Doria und seinen Begleitmann zur Tür hereinkommen sah. Die übrigen Gäste erstarrten beinahe in Ehrfurcht.

„Lasst euch nicht stören", bat der Admiral. „Wir wollen auch ein wenig den Geschichten lauschen."

Bernhard übernahm die Bewirtung der hohen Gäste, weil Antonio übersetzen musste. Rosalie wiederholte ihren unterbrochenen Satz und schlug vor, bei den nächsten Abenden Wolle oder Schnitzzeug, Instrumente und gute Laune mitzubringen. „Nur schmieden sollte hier drin keiner!", lachte sie mit Blick auf Bernhard.

„Was hat er schon Schönes geschaffen?", fragte der Admiral sofort.

„Einen Moment", bat Bernhard. „Ich hole gleich meine letzte fertige Arbeit." Augenblicke später kam er mit einem Kunstwerk zur Tür herein, dass alle staunen ließ.

Er hatte einen Ständer für ein Öllämpchen gefertigt, weil man diese nicht überall an die Decke hängen konnte. Auf einem Sockel mit einem spiralig gewundenen Stab von etwa 30 Zentimetern Höhe thronte eine Schale, umkränzt von mehreren See-rosenblättern.

Der Admiral rief mit funkelnden Augen. „Ich will es haben!", und warf Bernhard ein Goldstück zu, der sich sehr erfreut bedankte.

Dann lauschte er den Märchen und Sagen, die Rosalie zu erzählen wusste. Sein vergnügtes Schmunzeln, wenn Paul in Aktion trat, sprach Bände. Er hatte sich wohl schon lange nicht mehr, so amüsiert. Natürlich bekam Rosalies treuer Rabe auch von ihm ein Bröckchen gereicht.

„Wo schlafen eigentlich die Fledermäuse?", fragte er neugierig. „Im Stall?"

Rosalie deutete auf den hintersten Dachbalken. „Da oben, die zwei dunklen Flecke, sind Pauli und Pauline. Da stören sie keinen und werden nicht gestört."

Die anderen hatten die beiden auch nicht eher erspäht und nun machten die aufgeregt geflüsterten Worte „i pipistrelli" (die Fledermäuse) die Runde.

„Man muss nur täglich ihren Kot entfernen, dann riechen sie auch nicht so streng", erklärte Rosalie.

Antonio musste schon beim Übersetzen lachen, der Admiral danach, denn eigentlich gab es keine Entsprechung. Sie stanken. Punkt. Auch die anderen grinsten vor sich hin. Aber Rosalie hatte recht, die beiden roch man wirklich nicht.

Als sich der Admiral mit seinem Begleiter auf den Heimweg begab, sprachen sich die anderen noch ab, was man alles Schönes beim nächsten Treffen machen könne.

„Ich glaube, ich weiß weiß jetzt, was ich versuchen möchte", sagte Antonio. „Ich möchte Figuren schnitzen."

„Ich mache dir die richtigen Messer", versprach Bernhard sofort. „Und dann ist endlich Rosalie dran. Meine Überraschung für sie hat sich vorhin plötzlich in ein Goldstück verwandelt."

„Wobei das ja nun wirklich auch eine gelungene Überraschung war", freute sie sich.

In den nächsten Tagen war das Wetter grau in grau und die Arbeit auf dem Hof war rasch getan, auch wenn Bernhard fast den ganzen Tag in seiner Werkstatt stand. Die Tiere versorgen und ihnen Auslauf geben, Brennholz sammeln und alles, was der Wald noch hergab, erledigten Rosalie und Antonio gemeinsam. Sie entfernten auch sofort durch den hohen Wasserstand angespülte Äste von der Brücke, denn eine Überschwemmung durch einen Stau konnten sie beim besten Willen nicht gebrauchen.

Viel von dem Holz konnte, gut getrocknet, noch als Brennholz verwendet werden.

Nachmittags, wenn sich das Tageslicht endgültig zurückzog, fanden sie sich in der Küche ein, wo jeder seinem Hobby nachging.

Rosalie strickte, Antonio schnitzte und Bernhard entwarf auf einem Blatt Papier neue Kunstwerke aus Metall. Er lernte nebenbei sogar schreiben. Hin und wieder brachte Antonio ein paar Gänsefedern aus Isolabona oder Dolceacqua mit. Paul schenkte Bernhard nach der Mauser seine alten Schwungfedern, statt mit ihnen zu spielen, weil Bernhard ständig Nachschub brauchte.

„Der Kleine ist wirklich goldig", schmunzelte Antonio und schnitzte aus einem Stück Lindenholz eine Rabenskulptur, die Paul recht gut zu gefallen schien.

Mitten im Winter bekam Bernhard einen großen Auftrag von einem Edelmann aus Genua, der auf der Burg der Doria die Seerosenschale bestaunt hatte. Es ging um vier Exemplare mit unterschiedlichen Blättern. Was für welche, sollte dem Meister selbst überlassen sein.

„Eiche und Ahorn", sagte Rosalie sofort. „Die sind sehr charakteristisch."

„Rosskastanie", schlug Bernhard vor und Antonio meinte: „Sonnenblume."

„Auf geht es!", rief Bernhard, das Schmiedefeuer schürend. „Wenn sie die fertigen Schalen abholen, stehen rein zufällig deine Schnitzereien mit auf dem Tisch", grinste er Antonio an. „Es wäre doch gelacht, wenn unsere Mühle nicht in jeder Weise zu einem Geheimtipp werden würde."

Seine Prophezeiung sollte sich auch Punkt für Punkt erfüllen. Bald kamen von überall her solvente Kunden, um Leuchter, Laternen und Schalen zu bestellen, Messer und Schwerter schleifen zu lassen, feinstes Olivenöl zu kaufen oder hölzerne Kunstwerke für ihre Jagd- und Repräsentationssäle zu erstehen.

Die schützenden Hände der Doria und Spinola garantierten den Mühlenbewohnern ein Leben in bescheidenem Wohlstand.

Auch wenn sich im Lauf der Zeit vieles änderte, eines jedoch blieb immer gleich: Bei jedem Unwetter klammerten sich Rosalie, Bernhard und Paul aneinander, um niemals mehr voneinander getrennt zu werden.

Inhaltsverzeichnis

Weitere spannende Bücher:

Die Nebelwald-Saga

Band 1: Der Nebelwald

Band 2: Die Schlacht um Wildforest

Band 3: Unter dem Banner des Gefleckten
Drachen

Die Aurëus-Saga

Band 1: Der Spiegel des Aurëus

Band 2: Das Geheimnis des Aurëus

Band 3: Die Urenkelin des Aurëus

Band 4: Die Drachen des Aurëus

… Sex & Abenteuer - Reiseromane

Band 1: Asphalt, Sex & Abenteuer

Band 2: Burgen, Sex & Abenteuer

Band 3: Sehnsucht, Sex & Abenteuer

Band 4: Träume, Sex & Abenteuer

Die Magier von Tarronn Band 1 - 5

Und viele mehr unter:

www.reni-dammrich-geschichtenzauber.de